WIZARDS

魔法使いの
教科書
神話と伝説と物語

オーブリー・シャーマン
Aubrey Sherman

龍 和子 訳

The Myths, Legends, & Lore

原書房

目次 CONTENTS

4 序章

7 PART 1
魔法の世界

8 第1章 **魔法使いとは?**

26 第2章 **魔法の力**

55 第3章 **魔法使いの道具**

73 PART 2
長い歴史をもつ偉大な魔法使い

74 第4章 **マーリン　過去と未来の魔法使い**

96 第5章 **西洋の魔法使い**

127 第6章 **東洋の魔法使い**

139 PART 3
物語のなかの魔法使い

140 第7章 **ハリー・ポッターの魔法使い**

175 第8章 **本のなかの魔法使い**

200 第9章 **映画とテレビのなかの魔法使い**

223 第10章 **ゲームとコミックの魔法使い**

249 結論

254 索引

FOREWORD

序章

　魅惑的な物語や神話、不思議な話の中心には必ず魔法使いがいる。光と影のはざまで魔法使いはその不思議な力を発揮し、自身の周囲に真実を作り上げる。遠い昔、わたしたちの祖先が火のまわりに腰をおろして語り合っていた頃も、コンピュータで特殊効果を作り出す現代においても、魔法使いがわたしたちを魅惑する点は変わらない。
　本書は魔法使いと魔法の世界を探究する。不思議と善と悪に満ちた世界。マーリンやニコラ・フラメル、ハリー・ドレスデンといった偉大な英雄が存在し、またサルマンやキルケー、バーバ・ヤガーなど恐ろしい悪者がいる世界だ。書籍やテレビや映画、それにゲームのなかで魔法使いがどのように描かれているのかを見ていこう。
　魔法使いはわたしたちの生活のあちこちにしっかりと根付いている。1974年に発売された『ダンジョンズ＆ドラゴンズ（D&D）』は、テーブルトーク・ロールプレイングゲームの祖だ。ゲームのなかでは、プレイヤーは魔法使いになって呪文を操ることができた。それから何十年も経った現在も、最新版のD&Dにとどまらずコンピュータゲームでも、プレイヤーは魔法使いを演じている。つまりは、わたしたちは魔法使いに「なりたい」のだ。いくつか呪文を唱え、魔法の粉や薬草を空中に放り、そして芝居がかった身振りをして、なにかをあっという間に作り出す。今いると

序章

ころとは別の場所へと、不思議な力で瞬間移動する。不思議で神秘的な知識を蓄え、魔法の杖をもっている。だれだってそんな魔法使いになってみたいはずだ。

　小説や映画といったポップカルチャーに目を向ければ、人々がいかに魔法使いに胸躍らせているかがよくわかる。J・K・ローリングの作品が刊行されたときには、何千万人もの人々が書店へと急いだ。ハリー・ポッターという名の少年が自分が魔法使いであることを知り、当惑しながらもホグワーツ魔法魔術学校で学ぶ物語だ。映画もそうだ。サウロンや「ひとつの指輪」の力と戦う「灰色のガンダルフ」が登場する、ピーター・ジャクソン監督の『ロード・オブ・ザ・リング』。このシリーズを観ようと映画館へと足を運んだ観客は何百万人にものぼった。

　さあ、この驚きに満ちた別世界の住人とともに、魔法の世界へと足を踏み入れよう。魔法のはじまりだ！

PART 1

魔法の世界

THE WORLD OF MAGIC

PART 1　　　　　　　　　　　　　　魔法の世界

第1章

魔法使い(ウィザード)とは？

魔法使には、おせっかいをやくな、
変幻自在でよくおこる。

　　　——ギルドール・イングロリオンの言葉
　　J・R・R・トールキン『指輪物語　旅の仲間』
　　　（瀬田貞二・田中明子訳）より

長くゆったりとした服を着て、先がとがった長い帽子をかぶった不思議な人物の絵があるとしよう。この人物は長杖や、短めの杖を手にしているかもしれない。長くて白いあごひげをたくわえ、年はとっているが力にあふれている。

たいていの人は、この不思議な人物が魔法使い(ウィザード)であることがすぐにわかるだろう。『ハリー・ポッター』シリーズでホグワーツ魔法魔術学校に入学する魔法使いたちは、魔法使いのローブと杖(先のとがった帽子については触れていないが、あとで購入するのだろう)を買う必要がある。またホグワーツの校長であるアルバス・ダンブルドアは、ここに書いた姿にまさにぴったりとあてはまる。

だが、魔法使いがみなこうした外見だというわけではない。背丈も体型も、年齢もさまざまだ。男性もいれば女性もいる。長いローブをまとっていることもあれば、ジーンズにTシャツの魔法使いもいる。

魔法使いについて重要なのは「外見」ではなく、その魔法使いが「なにをするか」だ。基本的に、魔法を使って現実を操作する者を魔法使いと呼ぶ。それが、魔法使いすべてに言えることである。

もちろん魔法使いといってもみな同じタイプというわけではなく、その能力のレベルも異なる。たとえば次のようなタイプの魔法使いがいる。

◆アデプト(魔術の達人)　　◆神秘主義者
◆シャーマン　　　　　　　◆見習い魔術師
◆死霊術師(ネクロマンサー)　◆ソーサラー
◆占い師　　　　　　　　　◆マグス
◆ヘッジ・ウィザード(魔法使いくずれ、似非魔術師)
◆ソーマタージスト(秘術師)

ここに錬金術師をくわえる人もいる。中世とルネサンス期において広く研究されていた錬金術は、卑金属を黄金に変える方法を求めるものだ。こ

れはのちに化学となる学問に重要な道筋を与えたものの、黄金を作ること自体は成功しなかった。一方で、「黄金に変える」というのは比喩的な表現であり、錬金術師がほんとうに求めているのは、合理性を超越した叡智なのだと言う人は多い。

魔法使いの役割

　さて、魔法使いはどのようなことをするのか？

　それは、魔法使いのおかれた社会状況によって千差万別だ。原始社会における魔法使いとは、自分の体を介して──多くはトランス状態になって──不思議な力を発現させることのできる人物のことだった。フランスのラスコーでは1940年に洞窟がいくつか発見され、その壁にある動物の絵は、1万7300年ほど前の旧石器時代のものだった。

　人類学者は、その壁画は、部族のシャーマンが狩りの成功を祈禱するために描いたものだと推察している。壁に描かれたのはその多くが、旧石器時代に主要な食料だったと思われる動物だ。壁画の多くは入り込むのが困難な洞窟最深部にあり、そこは魔法が力をもつ場なのだ（同じような洞窟壁画はスペインのアルタミラでも発見されている）。

　こうした大昔の魔法使い（シャーマン）は、部族の人々が安定した生活を送るうえで大きな役割を担っていた。その魔術が十分な力をもつものであれば狩りはうまくいき、食料を確保できたのだ。シャーマンがトランス状態に入ってから壁画を描き、「別世界」の精霊と交信した、という説を唱える学者もいる。狩りの成功と獲物を授けてくれる精霊の言葉を、シャーマンが人々に伝えたというのだ。

　もっと発達した社会や物語のなかでは、大昔とは違い、魔法使いが安定的な食料確保のために力を使う必要はなかった。しかしその役割の多くが大変重要であることは、大昔から変わらない。

PART 1 魔法の世界

◆魔法使いは不可思議な知恵を備え、その知恵の多くは呪文の本に書かれたり、何代にもわたって口伝えにされたりしている。このため、その時々の支配者に相談役として仕えている場合も多い。マーリンはアーサー王に仕え、ジョン・ディーはエリザベス1世の宮廷の相談役だった。またデイヴィッド・エディングスの小説に登場する魔術師ベルガラスは、国の一大事にさいして多くの王や王子に助言を行なった。

◆魔法使いは強い能力をもつ英雄であり、弱者に襲いかかる敵と戦う場合にはとくに力を発揮する。『指輪物語　旅の仲間』では、カザド＝ドゥームの橋の上で怪物バルログと対峙する力をもつのはガンダルフだけだ。「これはあんたたちがかないっこない敵だ」とガンダルフは旅の仲間に言う。

◆魔法使いは予言を行なえる。T・H・ホワイトの『永遠の王　アーサーの書』では、マーリンには未来が見える。彼は時をさかのぼって生きているからだ（つまりマーリンの過去が我々の未来だ）。メアリー・スチュアートの小説『水晶の洞窟（The Crystal Cave）』では、マーリンは「旧神」たちと交信することでロウソクの炎のなかに将来のできごとが見える。魔法使いがみなこれをできるわけではなく、また限定的なことしか予言できないものもいる。たとえば灰色のガンダルフは、中つ国のさまざまな場所で起こることが見え、できごとをある程度まで予言できるが、詳細にわかるわけではない。

◆魔法使いは呪文を唱えて、なにかを出現させることができる。C・S・ルイスの『朝びらき　丸東の海へ』では、魔法使いのコリアキンが魔法の力で、「朝びらき丸」の乗員に心のこもったごちそうを出す。アルバス・ダンブルドアも、ホグワーツの大広間で開かれた新入生の歓迎会で、生徒たちのために同じようなことをやってのけた。

第 1 章　　　　　　　　　　　　　　　魔法使いとは？

新しいテクノロジーが取り入れられると、
必ず魔法使いの仕事ぶりに
影響を与えます

——ファンタジー作家 ダイアン・デュエインの言葉

　こうした術はなにかと役に立つものばかりであるため、魔法使いはしばしば旅の先頭に立つことになる。ガンダルフは『指輪物語』において9人の旅の仲間のリーダーであるし、デイヴィッド・エディングスのファンタジー小説『ベルガリアード物語』と『マロリオン物語』のシリーズでは、魔術師ベルガラスが仲間を率いて、盗まれた「アルダーの珠」を探し求める旅をする。バーバラ・ハンブリーの『ダールワス・サーガ』3部作では魔法使いが時空をゆがませ、中世史を学ぶ学生を現代から魔法使いのいる世界へと転移させて自分を手伝わせる。

魔法の暗黒面

　魔法使いは、その力ゆえに暗黒面ももちあわせている。『指輪物語　旅

PART 1　　　　　　　　　　　　　　　　　　　　　魔法の世界

の仲間』では、ガンダルフがフロド・バギンズに指輪の危険性を警告する
場面がある。指輪をもてばガンダルフでさえも「冥王その人のようにな
る」と言うのだ。最初は善行のために指輪を手にしても、指輪がそれを捻
じ曲げて、悪に変えてしまうことを知っているのだ（この状況はもっとあ
との場面で描かれている。「指輪の仲間」のひとりであるボロミアが、窮
地に立ったミナス・ティリスの都を救いたいがために、誘惑に負けてフロ
ドから指輪を奪おうとするのだ）。

　最初から悪者、あるいは、少なくとも善であるかどうかあいまいな魔法
使いや魔術師もなかにはいる。たとえば、マーガレット・ワイスとトレイ
シー・ヒックマンの共著『ドラゴンランス』シリーズでは、肌が金色の魔
術師レイストリン・マジェーレが旅の途中で仲間を捨て、竜 槍 戦争中に
は、悪を意味する黒ローブの魔術師に転じる。また映画『ダンジョン＆
ドラゴン』に出てくる悪の宰相プロフィオンは度を越えた悪人であり、甲
高い笑い声と狂気を帯びた表情は、悪役のイメージを完璧に表現してい
る。

　魔法使いにとって暗黒面に立つことの魅力とは、力——このため傲慢に
なることもある——を得て、つねに光と影のはざまに身をおくことにあ

悪の魅力

**レイストリンが暗黒面に堕ちたからといって、この人物が読者に不
人気かというとそうではない。それどころかレイストリン人気は高
く、ワイスとヒックマンはドラゴンランスのふたつめのシリーズで、
レイストリンと双子の兄、キャラモン・マジェーレとの複雑な関係を
詳細に描いている。**

る。忘れてならないのは、当の魔法使いからすれば、自身は「悪ではない」という点だ。マーリンの強大な敵である魔術師モーガン・ル・フェイ（1981年の映画『エクスカリバー』では女優ヘレン・ミレンが演じたモーガナ）は、自分の母を操ってウーサー・ペンドラゴンと床をともにさせた——このためアーサーを宿した——魔法使いのマーリンを憎んでいる。彼女は異父弟であるアーサーと交わり、モードレッドを産み、モードレッドがアーサー王を殺すことになるのだが、彼女に言わせればそれは復讐なのだ。

　ヴォルデモートはハリー・ポッターの両親の命を奪った悪の魔法使いであり、シリーズ全巻を通して不気味な存在だが、それでも正義は我にありと思っている。魔法使いはふつうの人間であるマグルよりもすぐれていて、このため純血の魔法使いがマグルを治めるべきというのがヴォルデモートの言い分だ。ヴォルデモート自身がマグルとの混血という事実は無視しているようだ。彼は、自分にはほかのどの魔法使いよりも才能があるということしか頭にない。だからもちろん、魔法界を治めるのは自分以外にないのである。

キルケー

　追放の身や流浪の身（自発的な場合もある）である魔法使いもいる。ホメロスの『オデュッセイア』に登場するギリシアの魔女キルケーは、おそらくは夫殺しの罪でアイアイエ島に送られ、島にやってきた船乗りを動物に変えて自分に仕えさせていた。この島に漂着した者のなかに、トロイア戦争から帰還途中のオデュッセウスとその部下たちがいた。キルケーはギリシア人船乗りたちをブタに変えたが、神々の助言を得たオデュッセウスは、キルケーに命じて船乗りたちを元の姿に戻させた。不思議なことにオデュッセウスはその後、キルケーの愛人となってこの島に1年とどまり、酒を飲み、享楽にふけったのである。

PART 1　　　　　　　　　　　　　　　　　魔法の世界

『オデュッセウスに杯を差し出すキルケー』ジョン・ウィリアム・ウォーターハウス（1849〜1917年）画

古代ギリシアの詩人ヘシオドスの叙事詩『神統記』では、キルケーはオデュッセウスとのあいだに子を3人もうけている（ヘシオドスの詩では、オデュッセウスがこの島に滞在した期間は1年より長いようだ）。キルケーは子どものひとりであるテレゴノスが成人すると彼に毒をもつ槍を与えるのだが、この槍でテレゴノスは父親を殺してしまう。テレゴノスはオデュッセウスの寡婦であるペネロペ、オデュッセウスとペネロペの子であるテレマコスを連れてアイアイエ島へと戻った。キルケーはオデュッセウスの死に驚くが、この3人を不死身とした。

　紀元前3世紀のギリシアの詩人リュコプローンは、キルケーはオデュッセウスの死を嘆き、その魔法で彼を生き返らせたと書いている。その後キルケーは娘のカッシフォネをテレマコスの妻とした。しかし、しばらくするとテレマコスはキルケーを殺し、その後カッシフォネに殺された。これを聞いたオデュッセウスは悲嘆にくれて亡くなった。

プロスペロー

　シェイクスピアが自作の劇で魔法を用いているのは、妖精たちの一団が登場する『夏の夜の夢』と『テンペスト』の2作品のみだ。『テンペスト』ではミラノ大公であるプロスペローが、弟に権力を奪われ追放の身となる。ある島で、プロスペローは自分の娘ミランダを守るために魔術を学ぶ。そして魔術でキャリバンという生物を奴隷とし、一方、木のなかに閉じ込められていた妖精エアリアルを自由にしてやったため、エアリアルはプロスペローに忠誠を誓う。

　その後プロスペローは呪文で嵐を起こし、弟とナポリ王が乗る船をこの島に漂着させる。しかしプロスペローの復讐計画は、ミランダがナポリ王の息子フェルディナンドと恋に落ちることで当初のものとは異なる方向へと進む。

　結局すべては丸く収まって、プロスペローは魔術を捨てることを宣言す

PART 1　　　　　　　　　　　　　　　　　　　　魔法の世界

る。もうミランダを守る必要がないからだ。

　プロスペローの魔術は、シェイクスピアが強調するように、ただただ自分の娘を守るためのものだった。このため、プロスペローは次のような言葉で劇をしめくくる。

　　この杖を折って
　　地中深くに埋め、
　　測量の鉛のおもりも届かぬところに
　　わたしの書物も放り投げてしまおう

　この場面では、プロスペローは決断を早まったのではないかと思う人もいるだろう。プロスペローを追いやった弟はまだ生きているし、魔術師のままでも、ミラノの人々はプロスペローを統治者として迎え入れた可能性もあるのだ。しかしシェイクスピアの時代には、火刑にもなりかねない魔術は扱いにくいテーマだったのではないだろうか。魔術師であることをやめてふつうの人間に戻らないかぎり、プロスペローが元の社会に戻る道は

嵐を起こす

　プロスペローの物語には、魔法使いや魔術師がもつある特性が出てくる。少なくともある程度は天候を操る力だ。『指輪物語　旅の仲間』では、武人のボロミアが、仲間を苦しめる吹雪はサウロンの仕業ではないかと言う。それに対しドワーフのギムリは、「300リーグも離れたわたしたちに北から雪を引き寄せて困らせているとしたら、彼の腕もほんとうに長くなった」とうなる。

　それにガンダルフは、「まことに長くなったものだ」と答える。

第 1 章　　　　　　　　　　　　魔法使いとは？

ウィリアム・モー・エグリー『プロスペローとミランダ』(1850年頃)

PART I   魔法の世界

真昼の太陽を暗くし、
荒れ狂う風を呼び起こし、
緑の大海原と紺碧の大空のあいだに
狂乱の戦いを引き起こしたこともあった

——プロスペローの言葉
ウィリアム・シェイクスピア『テンペスト』より

ない。シェイクスピアがそう考えるのも無理はない風潮だったのだろう。

トールキンの魔法使い

　J・R・R・トールキンの『指輪物語』や、それに付随する『シルマリルの物語』に登場するのは、悪とは異なるタイプの魔法使いだ。トールキンは、影の国モルドールと戦う中つ国を助けるために、ヴァラールから遣わされた魔法使いが5人いることを明らかにしている。『指輪物語』には、「灰色のガンダルフ」(のちに消滅して復活し「白のガンダルフ」となる)、「白のサルマン」(のちに「多彩なるサルマン」となる)、「茶のラダガスト」の3人の魔法使いが出てくる。物語中で主要な役割をもつのはガンダルフとサルマンであり、ラダガストについては短い記述しかなく、第三紀にお

いては彼は間接的な働きしかしていない。

　中つ国の魔法使いはみな老人の外見をしており、年をとるとしてもごくゆっくりとだ。『ホビットの冒険』で書かれたビルボの最初の冒険から六十数年が経った、ビルボ111歳の誕生日に現われたガンダルフは、白髪やしわがいくらか増えてはいるが、大きな変化はない（ビルボもたいして年をとっていないのだが、それはまたガンダルフとは別の理由だ）。

　魔法使いたちは、強力な精霊であるマイアールという種族だ（怪物バルログが堕落したマイアールというのも興味深い。だからガンダルフはモリアでバルログを倒すことができるのだ）。見るかぎりでは、魔法ならなんでもできるというものでもないようだ。ガンダルフは火をおこすことができ、それはガンダルフだけの能力らしい。サルマンはエルフの指輪の伝承に詳しく、遠くのできごとを——魔法の石、パランティーアの助けを借りてではあるが——見ることができる。ラダガストはとくに自然界に寄り添い、多くの動物の言葉を話す。

　3人のなかで中つ国とのかかわりが一番少ないのがサルマンであり、オルサンクの塔にこもっている。一方でガンダルフとラダガストはしじゅう旅に出ている。とくにガンダルフは中つ国の指導者たちの多くと知り合いであり、サウロンとの戦いでは、中つ国の助言者として非常に重要な役割を果たしている。

青の魔法使い

生前には未刊だった草稿のなかで、トールキンは『指輪物語』にはまったく登場しない残りのふたりの魔法使いを、アラタールとパルランドという名で真っ青なローブをまとっていると書いている。

PART 1　　　　　　　　　　　　　　　　　　　　　魔法の世界

魔法使いと神

　そして、その力や魔法の訓練を神から授けられた魔法使いがいる。デイヴィッド・エディングスのファンタジー小説に登場する魔術師ベルガラスは梟神アルダーから魔術の訓練を受けており、ベルガラスを含め数人の「アルダーの弟子」がいる。その能力のなかでも際立っているのが不死の力であり、第1作の『予言の守護者』に初めて登場したときのベルガラスは7000歳で、不死の魔術師として世に広く知られている。アルダーが弟子たちに教える魔術は「意志と言葉」の力と呼ばれ、ベルガラスが、遠い子孫であるこのシリーズの主人公ガリオンに伝授するのもこれだ。
　シャドウデイルの賢者エルミンスターも、神々——この場合は魔法の女

悲しいときに一番ふさわしいのは……
なにかを学ぶことだ。

——マーリンの言葉
T・H・ホワイト『永遠の王　アーサーの書』より

神ミストラ——と特別な関係にある。エルミンスターとは、ロールプレイングゲーム『ダンジョンズ＆ドラゴンズ』の主要な世界のひとつ、エド・グリーンウッドが創造した「フォーゴトン・レルム」に登場する魔法使いだ。その魔法の力は強力だ。それは彼が「ミストラに選ばれし者」のひとりであり、女神ミストラと、また、ミストラが制御する「織り」（フォーゴトン・レルムの舞台であるフェイルーンにおいて魔力の基盤となるもの）と直接つながっているからである。

「ミストラに選ばれし者」であるエルミンスターは不死身であり、たとえ傷ついたとしても銀の炎で回復することが可能だ。このおかげでエルミンスターは悲惨な状況からたびたび逃れることができている。しかしミストラが殺害されると「織り」は崩壊し、この件は「呪文荒廃」と呼ばれた。ミストラの死後10年で、フェイルーンの魔法は荒廃し頼りにならないものとなってしまった。また大きな魔法の力が暴走し、国自体も形を変えた。このため、エルミンスターは隠遁生活に入るのだ。

魔法使いはどこで学ぶのか？

この答えはそう簡単ではない。魔法使いがなにを学び、なぜそれを学ばなければならないのかを考える必要がある。

魔法使いのなかには、その力を遺伝によって受け継ぐ者がいる。たとえばジム・ブッチャーの小説の主人公ハリー・ドレスデンは現代のシカゴで私立探偵業を営む魔法使いだが、魔法使いとしての能力を母方の家系から受け継いでいる。J・K・ローリングの作品中の魔法使いは、一般に、両親またはそのどちらかに魔法使いや魔女がいる家系の出身だ。しかし、こうした例にまったくあてはまらない者もいる。たとえばハーマイオニー・グレンジャーの両親はどちらも「マグル」であり、両親のどちらの家系にも魔法使いの血は流れていないようだ。一方で、ホグワーツ魔法魔術学校の管理人であるアーガス・フィルチの両親は魔法使いだが、フィルチ自身

PART 1 魔法の世界

には魔法の能力はまったくなく、こうした人のことを「スクイブ」と呼ぶ。ついでながら、ハリーの祖父母が魔法使いだったかどうかはわからないが、ふたりの娘のうち妹のリリーは魔女であり、姉のペチュニアはふつうのマグルだった。

　魔法の力を受け継ぐ魔法使いは忍耐づよく教えを受け、魔力をコントロールできるようになる必要がある。ホグワーツで学ぶ魔法使いや魔女の能力のレベルはさまざまだが、入学時には呪文の唱え方や魔法薬の調合、それに箒に乗って飛ぶ方法を知らない。

　テリー・プラチェットのファンタジー小説『ディスクワールド』シリーズの魔法使いたちもこれと似たような状況にある。彼らは魔法学校の「見えざる大学」で授業を受けて魔法の力を習得しなければならない。大学で学ぶ落ちこぼれのリンスウィンドは何年かけても魔法を習得できないため、彼が死ねば、地球上の魔法使いの能力平均値が少しだけ上がるとまで言われている。ともかく、他の生徒たちは見えざる大学でなんとか魔法を身に着け、魔法の学位を手にしている。

　魔法を教える学校で有名なものをいくつか挙げよう。

◆見えざる大学（『ディスクワールド』シリーズ）
◆ホグワーツ魔法魔術学校（『ハリー・ポッター』シリーズ）
◆ウィンターホールド大学（『スカイリム』、ゲーム『ジ・エルダー・スクロールズ』シリーズより）
◆魔術学校（『ドラゴンランス』シリーズ）
◆予見師の宮殿（テリー・グッドカインド『真実の剣』シリーズ）
◆ブレイクビルズ・アカデミー（レヴ・グロスマン『マジシャンズ（The Magicians）』）

　なかには、魔法使いが個人的に教えを受けたり、自身が教える側の場合もある。ホワイトの『永遠の王　アーサーの書』ではマーリンが、若き

ウォートを魚やタカ、フクロウ、アリ、ヤマアラシなどの動物に変身させて教育する。こうしてマーリンの教えを受けながら、ものの見方、考え方を学んだウォートは統治者にふさわしい力をつけていき、ついにはアーサー王という真の名のもとに王位につくのである。

魔法にまつわる危険

　魔法や魔術の学習と訓練は、恐ろしく体力を消耗するものでもある。レイストリン・マジェーレは魔術学校での体験のせいで肌が金色になり、またその瞳は砂時計のようにくびれ、身のまわりの人や生物の死、物の崩壊が見えるようになった。このときの試練が原因でしじゅう空咳をするようになり、また生まれつき体が弱いため、大柄な（人によっては「バカ」と呼ぶ）兄のキャラモンに頼らざるをえないこともある。レイストリンが悪の道へと進むのも、こうした身体的な弱さが一因なのだろう。

　ジョナサン・ストラウドのファンタジー小説『バーティミアス』シリーズの『バーティミアス外伝　ソロモンの指輪』では、ソロモン王のものだった魔法の指輪をはめると強力な魔法で指輪の妖霊「ジン」を召喚し、使えるようになる。だがこのとき、指輪をつけた者は激しい痛みを感じる。

　メアリー・スチュアート作品のマーリンは旧神たちと交信することができるが、無意識のうちにトランス状態になってこれを行なうため、てんかんの発作のようだと言われることもある。このため、マーリンの予言は正確でありブリテンの統治者は頼りとするのだが、あまりに頻繁に行なうとマーリンの力を奪ってしまう。

　こうしたケースでは、苦痛が生じても魔法使いはそれに耐える。野望や力を得たいという気持ち、あるいは本人にもよくわからない力に突き動かされて魔法を行なっているのだ。

PART 1　　　　　　　　　　　　　　　魔法の世界

第 2 章

魔法の力

「魔法とは？」
「説明によると……年寄りの魔法使いなら、
ロウソク、円陣、惑星、星、バナナ、呪文、
ルーン文字。それから毎日少なくとも4回
おいしい食事をとるのが大事らしい」

——テリー・プラチェット
『ローズ・アンド・レディーズ』より

魔法使いは、アイスクリームのフレーバーのようにさまざま。つまりは、魔法使いにもいろいろなタイプがあり、多種多様な魔法を使う。本章では魔法使いの不思議な力をいくつか挙げ、その力がどこからくるものかを検証しよう。

魔法のタイプ

　魔法使いの大半は、呪文、召喚、占い、錬金術など、得意とする魔法がいくつかある。とはいえ、あらゆるタイプの魔法に精通しておかねばならない。

呪文

　呪文とは、言葉を使って生み出す魔法だ。『ハリー・ポッター』シリーズに登場する魔法使いは自在に呪文による術を使う。呪文の多くはラテン語の単語や句だ。たとえば、「ウィンガーディアム・レビオーサ！」は物を浮遊させる呪文だ。呪文とは儀式や祈りとも言え、またつねにではない

物質要素

　『ダンジョンズ＆ドラゴンズ（D&D）』では呪文は「スペル」と呼ばれ、「**物質要素**」、つまりはなんらかの「**物**」を使用する場合も多い。これには墓から取ってきたひとにぎりの泥や銀の短剣など、さまざまな**物**が使われる。D&Dの呪文には「レベル」がある。レベルが高いほど呪文は複雑で、それを唱えるのは**経験豊富な魔法使い**でなければならない。

が、呪文を唱えるときに物を使うこともある。

マリアン・コックレルのヤングアダルト向けファンタジー小説『シャドウ・キャッスル（Shadow Castle）』では、魔法使いが呪文に使う物質要素に、いつも一緒に現われるひと組の虹がある。しかし魔法使いがみな物を利用して呪文を唱えるわけではなく、呪文とは自分の意志を発現させる手段にすぎないという魔法使いもいる。デイヴィッド・エディングスの作品に登場するベルガラスがそうだ。第1章で述べたように、ベルガラスは「意志と言葉」の力を用いて呪文を唱える。「意志と言葉」とは、呪文の力をおよぼす物の名を「言葉」で明示することと、全き「意志」または力で呪文を唱えることからなる。エディングスの描く世界では呪文を唱える技の習得には長い時間を要し、ベルガラスは梟神アルダーの教えのもと、一番簡単な魔法を習得するのに20年ほどかかっている。習得とは言っても、深く考えもせず、腹立ちまぎれに力と意志を巨岩に集中させると岩が動いたのだ。それからさらに、彼が魔法を習得し、コントロールできるようになるのに何千年もかかっている。

呪文は、その経験のない者、または適切な道具をもたない者が発動させようとしてはならない。『ハリー・ポッターとアズカバンの囚人』ではロン・ウィーズリーが、嫌みなドラコ・マルフォイに堪忍袋の緒を切らし、「ナメクジくらえ」と呪文をかける。残念ながら、ロンの杖が損傷していたため呪文はロン自身に跳ね返り、ロンの口からナメクジがあふれ出すのだ。

呪文に使われている言葉は、魔法使いが望む効果を生むのに欠かせないものだ。決まった文句が不要な呪文もありはするが、言葉に重きをおくものもある。ジョン・ブアマン監督の映画『エクスカリバー』（1981年）では、マーリンが「召喚の呪文」を唱える。これはケルト語に由来するものと思われる。

こうした呪文は、すでに述べたようにJ・K・ローリングの『ハリー・ポッター』の物語に登場する魔法使いたちにも不可欠だ。なかでもとりわけ重要な――少なくとももっとも恐ろしい――呪文が「死の呪い」だ。魔法使

いが呪文をかける相手に杖を振り上げて、「アバダ・ケダブラ」という言葉をつぶやく。すると呪いをかけられた相手は、瞬時に命を落とすのだ。

「死の呪い」の呪文と、魔法の言葉としてはおなじみの「アブラカダブラ」とがよく似ていることにお気づきの読者もいるだろう。「アブラカダブラ」がどこから生まれたのかはわかっておらず、「わたしが言うとおり

召喚の呪文

マーリンが『エクスカリバー』で使う呪文はケルト語の一派である古アイルランド語から採ったものだと考えられている。

Anál nathrach,
orth' bháis' s bethad,
do chél dénmha

この古アイルランド語の呪文は、次のような意味だ。

蛇の吐息
生と死の呪文よ
これは汝が召喚の歌

ブアマン自身は、この呪文のもととなったものがなにか明らかにしていない。

PART 1　　　　　　　　　　　　　　　魔法の世界

> こんなこと言いたくはないけれど、
> 魔法使いはたちが悪いというのが相場だ。
> 魔法使いは力が強く気まぐれで、
> 残忍なうえに利己的。
> それになんでも思うがまま。
> それが魔法使いだ。
>
> ──ジェーソン・ハーレーの言葉
> シンダ・ウィリアムズ・チマ
> 『魔法使いの後継者』より

になる」という意味のアラム語（古代シリア地方のセム語の一派で、キリストが用いたとされる語）だという説もある。この呪文が初めて登場するのは、紀元3世紀にクィントゥス・セレヌス・サンモニクスが書いた医学書だ。かつては著名な魔術師たちが使ったこの言葉も、今ではステージ・マジシャンがよく使うものでしかなく、まともな呪文だと思われてはいない。

召喚

　これは霊や悪魔、あるいは神を呼び出す術であり、「ディオニュソスの秘儀」や「古代ギリシアのエレウシスの秘儀」といった西洋の神秘主義に

深く根差したものだ。魔法円やペンタグラム（五芒星）のなかに立った魔法使いが何者かを呼び出し、召喚の呪文で操るというパターンが多い。

　言うまでもないだろうが、この手のことは収拾がつかなくなる場合もある。ジョナサン・ストラウドの小説『バーティミアス』シリーズでは、魔術師が妖霊を召喚して自分たちのために歌わせようとする。しかし、呪文を正確に唱えないと妖霊をコントロールできない。呪文をひと言でもまちがえたり魔法円から１歩でも踏み出したりすると呪文は効かず、たいていは魔術師にとってとても厄介な事態となるのだ。

　トレーディングカードゲーム『マジック：ザ・ギャザリング』のプレイヤーなら召喚についてくわしいだろう。ゲームの主要な戦術のひとつだからだ。ふたりのプレイヤーがライバル魔術師となってそれぞれのデッキのカードを使い、クリーチャーを召喚する。召喚したクリーチャーは、相手プレイヤーを攻撃するか、相手の呪文やクリーチャーの攻撃を防ぐことが

PART I　　　　　　　　　　　　　　　　　　　　　魔法の世界

召喚の代償

『マジック：ザ・ギャザリング』のプレイヤーはゲーム中で、「マナ」を消費して魔術を使いクリーチャーを召喚することができる。魔術師が召喚したばかりのクリーチャーは「召喚酔い」になったとされ、次のターンにならないと攻撃できない。

できる。

　最後に、召喚したクリーチャーが——デーモンであれ神であれ精霊であれ——仕事を終えると、魔術師はクリーチャーを正しい方法で元に戻す必要がある。これによってクリーチャーは召喚前の場に戻ることができるのだ。

死霊術（ネクロマンシー）

　死者を蘇らせる術である死霊術は、魔法使いがみなもっている能力ではないが、これを使えればたいそう役に立つことはまちがいない。

　アメリカのホラー・幻想小説作家であるH・P・ラヴクラフトは、1927年に起稿した小説『チャールズ・ウォードの奇怪な事件』でこの題材を取り上げた。アメリカのロードアイランド州プロヴィデンスに住む青年ウォードが、遠い先祖のよる悪の計画に引き込まれるという物語だ。この先祖は、あらゆる時代の卓越したさまざまな偉人や賢者の遺体から「本質をなす塩」を抽出し、彼らを蘇らせて、糾問しその知識を奪おうとする。この先祖ジョセフ・カーウィン（ウォードが蘇らせた）は、ついにはウォードを殺して彼になり替わる。この不気味な魔術師であるカーウィンの計画

は、ウォード家の主治医のよってすんでのところでくい止められる。この医師はカーウィンの陰謀を探り出し、カーウィンの体を塵に戻す呪文を唱えるのだ。

「死霊術師（ネクロマンサー）」という言葉自体は意味があいまいになってきており、小説家や映画監督がこれを「魔法使い」と同じ意味で用いる場合がある。たとえばＪ・Ｒ・Ｒ・トールキンの『ホビットの冒険』では、サウロンが「ネクロマンサー」（邦訳では「死人うらない師」）として登場するが、中つ国を支配しようとするサウロンが、そのために死人を蘇らせるという記述はない。

死者を生き返らせることができる者がみな、死霊術師であるとはかぎらない。たとえば北欧神話の主神オーディンは、巫女を蘇らせて予言を行なわせる。聖書では、イエス・キリストが友人であるラザロ（とその他数人）を蘇生させる。しかしオーディンとイエスのどちらも死霊術師と呼ぶことはできない。ふたりは呪文やなんらかの魔法を使って生き返らせているわけではないからだ。

占い

『ハリー・ポッター』シリーズに登場する一風変わった「占い学」の教授のせいで、占いという魔術は少々うさんくさい目で見られているのではないだろうか。これは残念なことでもある。別の世界と交流し、未来を読むという占いの能力は、魔法使いの重要な術のひとつだからだ。

第１章で見てきたように、マーリンは偉大な予言師とみなされており、アーサー王は彼の予言に従って国を治めようとした。しかし、予言の伝統はマーリンよりもはるかに古いものだ。

たとえば聖書では、預言者サムエルが亡くなったとき、イスラエルのサウル王は王国からすでに「霊媒や口寄せ」をみな追放していた。折悪しく、王国の国境沿いにペリシテ人が集まって陣を敷いたため、神から助言を得

PART I 魔法の世界

> 人間は、運命の星の思うがままの方角に
> 叩かれては打ちかわされるテニスの球に
> しかすぎぬのだ。

——ボソラの言葉
『ジョン・ウェブスターモルフィ公爵夫人』
（関本まや子訳）より

ることのできないサウルはエンドルの魔女とも言われる女性を呼びにやった。この女性は使いの精（魔法使いの助手で、動物である場合が多い）をもち、預言者サムエルを蘇生させることができた。しかし残念ながら、これはたいしてサウルの役には立たない。サムエルはサウルが戦闘で敗北し、サムエルのもとにやってくると予言したからだ。ペリシテ人に敗北したあとサウルは命を絶ち、サムエルが墓から行なった予言どおりになる。

　古代ギリシアでは、人々は神託を求めた。なかでも有名なのが、パルナッソス山のデルフォイの神託だった。ここでは巫女が（おそらくは山肌の裂け目から出る火山のガスによって）トランス状態になり、神の言葉を伝えた。時代が下るにつれ、巫女や予言師の役割を魔法使いが行なうようになる。魔法使いはさまざまなできごとの兆候を読み、その力で神と結びついて未来のことを知ろうとした。

占星術

　魔法使いやそれに類する人々が行なう占いのなかでも人気が高いのが占星術だ。これは天体の配置や動きを見て、地上の生命との関連を解釈するものだ。占星術は少なくとも紀元前1000年までさかのぼれ（イスラムの学者たちが広く行なっていた）、ルネサンス期のヨーロッパではよく利用されていた。『ハリー・ポッター』シリーズでも、ハリーとその友人たちは時間をかけて天空について学び、さまざまな星の配置を解釈する。また、星々や太陽、月、惑星がある特定の配置にあるときに、魔法の呪文の効きがよくなることを覚えておくのも重要だ。

　今日では魔法使いではない人々のあいだでも、占星術はなじみのある文化となっている。新聞にはホロスコープが掲載されているし、プロの占星術師に頼めば客個人のホロスコープを書いてくれる。錬金術が化学の前身だとみなされているように、占星術も現代の天文学の祖と言えるのだ。

　占星術は、星々の配置が地上のできごとに影響をおよぼすという考えのもとに行なわれる。個人の性格と寿命にかかわるもののなかでとくに重要なのが黄道十二星座であり、その個人が生まれたときにどの星座に太陽が位置していたかを見る。黄道十二星座とは次のようなものだ。

◆おひつじ座　　◆おうし座　　◆ふたご座　　◆かに座
◆しし座　　　　◆おとめ座　　◆てんびん座　◆さそり座
◆いて座　　　　◆やぎ座　　　◆みずがめ座　◆うお座

　とはいえこの「太陽星座」は、より大きく複雑な星図の一部にすぎない。
　魔法使いは天空について学び、個人が生まれた瞬間の天体の配置をもとにバース・チャートを作成するのに精通している。イングランドのエリザベス女王の宮廷人だったジョン・ディーは著名な占星術師であり、天体についての知識を駆使してエリザベス女王に助言を与えていた。

PART 1　　　　　　　　　　　　　　　　　　魔法の世界

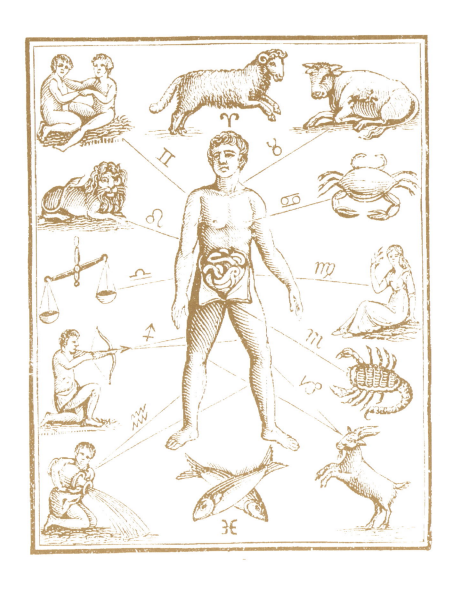

第 2 章　　　　　　　　　　　　　　　　　　　　　魔法の力

夢占い

　夢の内容で判断する占いも重要だ。魔法使いは、人が見た夢の意味を教えることにも、夢うつつのような状態で別次元の存在と交信するのにも長けている。文学作品では、ケルトの魔法使いがよく夢占いを用いる。古代の「タルブ・フェイス」の儀式では、魔術師が、屠ったばかりの雄牛からとったスープを飲むかその肉を食べ、雄牛の皮にくるまれて夢を見るまで待つ（スコットランドには、同じように動物を用いた「タガルム」という儀式があった）。現代のケルトやその他の魔法では、通常は動物の生贄を用いない。

　メアリー・スチュアートの作品中では、マーリンが夢うつつの状態になって（前にも述べたように、てんかんの発作に似ている）占う。この状態のマーリンは旧神の声で話し、イングランドの未来を予言し、イングランド内の遠く離れた地のできごとを語ることができるのだ。

タロット占い

　魔法使いが用いる予言の道具のなかでももっとも強力なものが、タロットカードだ（現代においては魔法使いではない人々も使用する）。タロットカードとは、おそらくは 15 世紀のイタリアに起源をもち、それ以降の数百年で進化したものだ。伝説によれば、タロットカードは古代エジプトの知恵と、ユダヤ教の神秘主義思想、カバラをもとにした可能性もある。

　タロットカードは 78 枚がひと組となっているのが一般的で、22 枚の大アルカナと 56 枚の小アルカナから成る。タロット占いを行なう場合は、カードを裏向きにしてシャッフルし、決まったパターンに並べる（タロットの並べ方であるスプレッドは、インターネット上やタロット占いの基本を教える書籍で学べる）。カードを並べたら、現われたカードの絵柄やカードの位置、ほかのカードとの関連性について解釈を行なう。

PART 1 魔法の世界

魔術師

　タロットカードのなかでとくに重要とされるのが「魔術師」のカード
だ。大アルカナの１枚で、杖をもち上げた魔術師が描かれてい
る。杖をもっていない方の手は地面を指しており、これは天と地と
のつながりを象徴するものだ。その頭上には無限のシンボルが描
かれている。魔術師の腰帯は、自らの尾を嚙んで輪になった蛇
（ウロボロス）になっている場合もあり、これは錬金術でも使われ
完全であることを意味する。
　魔術師のカードは（わたしたちにそれを吸収し理解する力がなけれ
ばならないが）宇宙の力を意味する。このカードは、現実と幻影
は実際には同じコインの両面であること、直観と知力によってこれ
を理解しなければならないことを教えている。魔術師のカードは、
わたしたちには創造的な力と、周囲の世界に影響をおよぼす力が
あることを教えているのだ。

　第１章ではさまざまなタイプの魔法使いについて学んだが、それは彼
らが行なう魔術のタイプによって定義したもの（たとえば、占星術を研究
する占星術師、錬金術を行なう錬金術師など）が多かった。ここからは、
こうしたタイプをもっと詳細に分け、それぞれがどう異なるのか見ていこ
う。

マグス

　この言葉は古代にルーツがあり、かつてはゾロアスター教の神官をこう呼んでいた。聖書の『マタイによる福音書』には、イエスの誕生時に3人の東方の「マギ」(Magi は Magus の複数形)がやってきたと書かれている。しかしこれは必ずしも3人が魔法使いだという意味ではなく、聖書においては「マギ (Magi)」という言葉は「賢者」を意味するようだ。とはいえもちろんこの言葉は、「魔術 (magic)」、「魔法使い (mage)」、「魔術師 (magician)」の語源だ。

　このため、マグスとはたいていが、高い魔術の能力をもち、その知恵や能力で助言を行なう魔法使いのことを指している。白く長いあごひげをたくわえたガンダルフも、高齢で経験豊富という印象を与える魔法使いのひとりだ。またシャドウデイルのエルミンスターも、そうした魔法使いだ。

PART 1 魔法の世界

ジョン・ファウルズの『魔術師』

　ポストモダニズムの小説家ジョン・ファウルズ（1926 ～ 2005 年）は 1965 年に『魔術師』（原題は The Magus）という小説を刊行し、この作品は文学界に大きな論争を巻き起こした。これはイギリス人青年ニコラス・アーフェの物語であり、アーフェはギリシアの小島に移り住む。ここでアーフェは不思議な人物モーリス・コンヒスと出会い友人となる。しかしアーフェは次第に、コンヒスにはおかしなところがあると思うようになる。コンヒス老人は、アーフェ相手に手の込んだゲームをし、幻想と現実があいまいな世界に彼を引っ張り込もうとしているかのようだ。コンヒスとかかわるうちに、コンヒスの過去についての話（第二次世界大戦中にナチスに協力したことなどが語られる）が実はアーフェ自身の過去を投影したものであり、また自分に新しい価値観を教えていることに気づくのだ。

伝承の守護者

　マグスは伝承の守護者でもある。『指輪物語』に登場するガンダルフは中つ国の 3 つの時代を生きており（とはいえ、中つ国で最長老というわけではない）、何千年にもわたって中つ国の人々の話を拾い集めてきた。これには、中つ国の住民にもほぼ知られていないホビットたちの話も含まれる。ガンダルフ自身も「賢者のなかでも、ホビットの伝承を究めた者はわしひとり」と述べている。そして中つ国が運命の岐路に立ち、ガンダルフが「力の指輪」を破壊する仕事をひとりのホビットに託すときに、この知識が大きな重みをもってくるのだ。

第 2 章　　　　　　　　　　　　　　　　　　　　　　　　魔法の力

どれだけ魔法を使えれば十分なのか？

　『指輪物語』のファンは、魔法使いのガンダルフが実際には物語のなかでそれほど魔法を使わないことを知れば驚くかもしれない。ガンダルフのおもな能力とは火を操ることであり、これは何度も行なっている。カラズラス山の斜面では雪嵐のなか火を燃やし、ホリンでは狼の攻撃を退け、このほかにもいく度かこの能力を使っている。また、モリアで行なったように暗闇のなかで長杖の先に明かりをともし、それを使い「蛇の舌」（グリマ）をはいつくばらせる。そのほか、ガンダルフの役割はおもに助言者であり、アラゴルンやセオデン、それにデネソールに助言を行なっている（デネソールはガンダルフの助言を拒絶して悪い結果となるのだが）。

ソーサラー

　マグスが知恵と伝承を蓄えた者であるとしたら、ゲームや文学作品のソーサラーは行動を起こす魔法使いだ。ローブをはためかせ、呪文を唱えて指先からバチバチと稲妻を出し、そしてその背後には嵐を呼ぶ雲が立ち込め、地面には雨がたたきつけるように降っている——映画のなかのソーサラーの登場場面はこうしたものが多い。

　ソーサラーは悪の側にいる場合が多く、すべてがそうだというわけではないものの、物語や伝承においてはマグスにくらべるとソーサラーは闇の存在で、恐ろしい魔法使いという扱いであるのが一般的だ。

ソーサラーとシェイプシフター

　古くからある文化の多くでは、ソーサラーがいくつもの能力をもつことも述べておくべきだろう。たとえばアメリカ先住民の民話ではソーサラーはシェイプシフターとされており、あの世とこの世を行き来でき、精霊と力を合わせ、また外見を変え、「分身」して同時に複数の場に姿を現わす

PART 1　　　　　　　　　　　　　　　　　　　　魔法の世界

ことができる。また「ソーサラー」、「ウィザード」、「マジシャン」、「シャーマン」という言葉は、民話では区別なく使われる場合が多い。

魔法使い（ソーサラー）の弟子

　ここに紹介するのは、ソーサラーが登場する有名な話だ。あちこちで大事な仕事をこなす魔法使いが、自分の弟子に水くみなどの雑用を言いつける。退屈な仕事に飽きた弟子は、これまで師の呪文の唱え方を傍らでじっと見てきたため、箒に魔法をかけて自分の仕事を押しつける。しかし残念なことに、弟子は箒に水くみを「止めさせる」方法を知らず、床はすぐに水浸しになる。手斧を手にした弟子は箒をまっぷたつに割るが、今度は半分になった箒が井戸から水を運んで部屋に水をあふれさせてしまう。

　幸い、大事にいたる前に魔法使いが帰ってきて呪文を破る。自分でコン

> 魔法とは、愚か者が自分自身の
> 無能力の味をごまかすために、
> 失敗の上にかけるソースのようなものだ。
>
> ──ティリオン・ラニスターの言葉
> ジョージ・R・R・マーティン
> 『王狼たちの戦旗』（岡部宏之訳）より

第 2 章 　　　　　　　　　　　　　　　　　　　　　　　魔 法 の 力

トロールできもしない力に手を出すな、というのがこの話の教訓だ。

　ドイツ人作家ヨハン・ヴォルフガング・フォン・ゲーテが 1797 年に書いた叙事詩に、この話は初めて登場した。しかし一般によく知られているのは、ディズニーのアニメーション映画『ファンタジア』（1940 年）に出てくるシーンだろう。ミッキーマウスが魔法使い（ソーサラー）の弟子となって繰り広げる騒動はゲーテの詩をベースにしており、ベートーベン、ストラヴィンスキー、ポンキエッリ、シューベルトの曲が使われている。映画では箒がいくつにもたたき割られる。魔法使いが戻ってきてその騒動に終止符を打ち、ミッキーをにらむと、ミッキーはバケツを手に取りため息をつく。そして魔法使いから一発はたかれて、その部屋から追いやられる。

アトランテ

　アトランテも有名なソーサラーのひとりだ。ルネサンス期の叙事詩『狂えるオルランド』に登場するアフリカの魔法使いだ。1532 年に発表されたこの詩は、イタリア人作家のルドヴィコ・アリオストによるもので、シャルルマーニュが統治した時代（つまり、8 世紀後半から 9 世紀初頭にかけて）のフランスが舞台だ。シャルルマーニュに仕える騎士、主人公のオルランドは、異教徒の美しい姫アンジェリカに恋をする。しかしアンジェリカはムーア人の戦士と恋に落ちてふたりは東方へと駆け落ちし、怒りにとらわれたオルランドはふたりを探し回り、ヨーロッパからアジアへと放浪する。

　一方、サラセン人戦士のルッジェーロも、キリスト教徒のブラダマンテに恋をするという似たような状況に陥る。アトランテはルッジェーロの養父であり、強力な魔法使いだ。義理の息子に戦場で命を落として欲しくない彼は、さまざまな手を使ってルッジェーロの気持ちをつなぎとめておこうとする。そしてアトランテは、魔法使いとしてはおなじみの行動に出るのだ。

アトランテ、その敷居口より、
呪文やら、異様なる文様刻んだ石板はずすと、
下から壺が現れた、その壺は、つねに燻った
埋もれ火収めた、香炉と呼ばれる器であった。
妖術使いがその壺砕けば、たちまちに
岩山は荒れすさびたる姿に変わり
　　　　（ルドヴィコ・アリオスト『狂えるオルランド』脇功訳より）

　アトランテは巨大な城を出現させ、そこを幻影で満たして義理の息子を翻意させようとする。ルッジェーロが戦場に向かえばシャルルマーニュの軍に捕らえられ、キリスト教徒に改宗することがわかっているからだ。しかし結局、捕らえられた戦士ルッジェーロはブラダマンテにより解放され、改宗して、自分を救ったブラダマンテと結ばれる。

深紅の王

　アトランテも『魔法使いの弟子』の名もなき魔法使いも、善人ではないとしても、少なくとも悪者ではない。しかしスティーヴン・キングが創作した「深紅の王」は、まぎれもなく悪の権化だ。キングの長編小説『ダーク・タワー』で悪役として中心的役割をもつ深紅の王は、同じくキングの作品である『ザ・スタンド』、『不眠症』、またキングとピーター・ストラウブの共著『ブラック・ハウス』にも黒幕として登場する。
　深紅の王はわたしたちが住む現実世界とは別の次元に住み、『ダーク・タワー』では、世界と宇宙をつなぎとめている「塔」を破壊し、これによってその後の混沌とした世界を支配しようとする。彼はさまざまな姿――赤く輝く目をした老人、見栄えのよい金髪の男性など――で現われるが、どれが真の姿なのか読者にはわからない。概してキングは深紅の王を魔王として描いているようなのだが、そうだと断言できるわけでもない。

錬金術師

　錬金術には長い歴史がある。錬金術（alchemy、アルケミー）という名の由来は不明だが、「al」はアラビア語が起源と思われ、おそらくは「al-Khem（アル＝ケム）」からきたものだろう。「ケム」はエジプトを意味するアラビア語であり、つまりは錬金術のはじまりは古代エジプトまでたどれるということだ。

　古代ギリシアでは、タレスやアナクシマンドロスといった哲学者たちが、身のまわりの万物は共通するあるひとつの「物質」から生成しており、適切な過程を経ればその物質に還ると信じていた。タレスの場合は、この万物の根源は水だった。アナクシマンドロスは、これが無際限で、限定されないものだとした。こうした概念から発展したのが錬金術だ。もし万物の根源が同じ物質であるのなら、基本となるものが同じなのだから、正し

い手順さえわかればある金属を別の金属へと変えることができるというのだ。

　このため錬金術師たちはさまざまな物質を集め、煮て、溶かし、煮詰め、そして再生させようとする作業に取りかかった。彼らはまず、アリストテレスが唱えた4大元素説をよりどころとした。つまり、土、空気、水、火の4つが世界を構成するというものであり、この4元素の相互作用で、自分たちが求めているものが生み出せると考えたのだ。その努力は失敗に終わったが、その過程で彼らは現代化学の礎を築いたのだった。

　多くの魔法使いが、錬金術に関するなんらかの経験をもつ。『ハリー・ポッター』のホグワーツの授業では、魔法薬の調合がそうだ。厳密には錬金術とは言えないが、錬金術の要素は多く、かき混ぜたり、溶かしたりする作業を繰り返し、ときには爆発することもある。

　現実の世界の有名な錬金術師を挙げておこう。

◆アル・ラーズィー（紀元866年頃〜925年頃）

◆アラン・ド・リール（1115年頃〜1202年頃）

◆アルベルトゥス・マグヌス（1193〜1280年）

◆ロジャー・ベーコン（1213年頃〜1294年）

◆ラモン・リュイ（1232年頃〜1315年）

◆ヨハン・ゲオルク・ファウスト（1480年頃〜1540年）

◆ハインリッヒ・コルネリウス・アグリッパ（1486〜1535年）

◆パラケルスス（1493〜1541年）

◆ニコラ・フラメル（15世紀）

◆ジョン・ディー（1527〜1609年頃）

◆ティコ・ブラーエ（1546〜1601年）

◆クロード・アドリアン・エルヴェシウス（1715〜1771年）

◆ロバート・ボイル（1627〜1691年）

◆アイザック・ニュートン（1642〜1727年）

第 2 章　　　　　　　　　　　　　　　　　　　　　魔法の力

◆アレッサンドロ・ディ・カリオストロ伯爵（1743 ～ 1795 年）
◆サン・ジェルマン伯爵（1712 ～ 1784 年）

　イングランドのロジャー・ベーコンは博学の人であり、科学と哲学の発展に貢献した。後世の学者たちはベーコンの研究内容が幅広いことに驚嘆し、ベーコンは魔力を自在に操ることができたに違いないと考えたほどだった。ベーコンは『ヴォイニッチ手稿（Voynich Manuscript）』の作者だと考えられている。この暗号で書かれた不可思議な書物はいまだに解読されていないが、錬金術と、おそらくは魔法について書いたものだと思われる。またベーコンは『錬金術の鏡(Speculum Alchemiae)』も著しており、これは錬金術の基本を収めた重要な書だ。

賢者の石

　「賢者の石」を見つけることが、錬金術師の目的のひとつだと言われてきた。賢者の石とは本物の石、または少なくとも実在の物質であり―石とは言っても液体のこともある―これが永遠の命を与えるといった魔力をもつという説がある。一方で、賢者の石は抽象的な概念だとする説もある。「賢者」とは「知を求める人」という意味であり、賢者の石とは知の探究を表しているというのだ。
　賢者の石をアーサー王の聖杯伝説に関連づけ、「石」とは聖杯のことだとする説もある。賢者の石とは、キリストが「最後の晩餐」のときに使った杯であり、そしてキリストが十字架上でローマ兵の槍で突かれたときに、流れた血を受けるのに使われた杯だというのである。

たしかに錬金術は、イソップが寓話に書いた農民の話にたとえることができるだろう。その農民は息子たちに、ブドウ畑の地中に黄金を埋めたという遺言を残した。そこで息子たちは畑をすっかり掘りかえしたのだが、黄金は出てこなかった。しかし畑の土を掘りかえしたので、その翌年はブドウの大豊作に恵まれた。だから黄金を生み出そうと研究し奮闘することも、多大な結果や実りある発明や実験をもたらしたと言えるのだ。そしてそれは自然の謎を解き明かし、人の生活の役に立つものでもあった。

――フランシス・ベーコン
『学問の進歩』より

　錬金術の原則のひとつに、ある物質が希少で価値が高いほど、「賢者の石」ができる可能性が高いというものがある。黄金自体を薬として用い、実験した錬金術師もいた。たとえばパラケルススは、黄金がてんかんの治療に有効だということを発見した。今日においても、ホメオパシー（自然治癒力に働きかけて治療するという補完代替医療）では病気に金（オーラム）を使用する。

　こうした事実からは、多くの場合中世においては、錬金術師が医者にごく近い立場にあったことがうかがえる。これは神話における魔法使いの役割でもある。魔法使いはその超自然的な力で病を癒やすことも多かったのだ。たとえばメアリー・スチュアートの作品中のマーリンは隠遁生活を送っていたが、ウーサー・ペンドラゴン王が病気になると宮廷に呼び出される。王は、自分を死から救えるのはマーリンしかいないと信じているの

第 2 章　魔法の力

である（実際にそうなる）。

　錬金術に関する文献でもっとも重要とされるのが『タブラ・スマラグディナ（Tabula Smaragdina）』（「エメラルド碑板」とも言われる）だ。これは、エジプトの知恵の神であり、錬金術の守護神とでもいうべきヘルメス・トリスメギストス――トリスメギストスは「3倍偉大な」といった意味だ――が書いたものとされる。トリスメギストスの文献はモーセの姉のミリアムによって西方にもたらされた。『タブラ・スマラグディナ』は『ヘルメス文書（Corpus Hermeticum）』と呼ばれる一連の著述の一部であり、これをもとに、西ヨーロッパにおいて錬金術が長い伝統をもつまでに発展した。そして、この魔術の伝統は現代まで続いているのである。

シャーマン

　シャーマニズムは、世界のいたるところに大昔から存在する。シャーマニズムという言葉は、かつてはトルコやモンゴルではとくに魔術師に対して使われていたものであり、しだいに西のヨーロッパへと伝わっていった。アフリカやアジア全域、さらに南北アメリカでも、宗教的行為にシャーマニズムという言葉が用いられていることが研究でわかっている。

PART 1　　　　　　　　　　　　　　　　　　　　魔法の世界

　シャーマンとは、トランス状態に入ったり、正気と夢うつつの状態を行き来しながら、ごくふつうの人々には見えないものを見る能力をもつ一種の魔法使いだ。シャーマンはまたあの世とこの世を行き来し、多くは動物や鳥に姿を変える能力があることでも知られている。ルーマニアの偉大な宗教史家であるミルチャ・エリアーデはこう述べている。

　　　シャーマンが魔法使いであり病を癒やす人であるのはもちろんだ。
　　　シャーマンは医師と同じく治癒の力をもち、奇跡を行なうと信じられ
　　　ている。……しかしそれだけではなく……司祭であり神秘家であり詩
　　　人でもあると言える。

　マグスの多くが、長くゆるやかなローブを着て、長いあごひげをたくわえた姿で描かれているのと同じく、シャーマンにもその役割を示す衣服や装身具がある。身にまとうものは文化によっていくらか異なるが、多くは次のようなものだ。

◆獣皮のマント。北欧のシャーマンはトナカイの皮を用いる。北米南西部のアメリカ先住民のシャーマンは、シカ、クマ、オオカミその他、力をもらえる動物の皮を身に着けている場合がある。
◆羽。これはシャーマンの霊が飛ぶ能力をもつことを象徴するものだ。シャーマンの多くは、鳥に似た衣装や仮面を身に着けている。たとえばモンゴルのシャーマンは肩に翼を着け、アメリカ先住民のシャーマンはワシやその他の鳥の羽を着けている。
◆音を立て、悪霊を驚かす鐘やラトルなど。
◆霊を呼び寄せたり追い払ったり、あるいはその他の目的で、仮面を着けているシャーマンもいる。

　シャーマンが木から作った太鼓をたたきながら魔術の儀式を行なうこと

第 2 章　　魔法の力

も多い。シャーマンにとってこの木は、世界の中心にある「世界樹」を象徴するものなのだろう。神秘的なトランス状態になって森に入り、太鼓作りにふさわしい木を選ぶシャーマンもいる。あるいは雷に打たれた木を探すこともある。そして多くの場合、捧げものをして、木を与えてくれたことに感謝する。シベリアの一部では、血とウォッカを混ぜたものを捧げものとして木に塗る。

　トランス状態に入ったシャーマンは別の世界に行くことができ、そこでは現在と未来が見える。現実の世界と別世界を行き来するときには、多くは動物の姿をした使い魔を伴っていることがよくある。この動物は、おそらくはシャーマンの衣装に反映されている。

使い魔

　使い魔とは魔法使いや魔女に仕える動物であり、シャーマンにかぎらず、魔法使いにかかわる伝承に広く登場する。『ハリー・ポッター』シリーズでは、ホグワーツで学ぶ生徒たちは学校に動物を連れていくことになっており、ハリーはフクロウのヘドウィグ、ロンは家で飼っていたネズミのスキャバーズ（真の姿はネズミではない）を連れていき、そしてハーマイオニーは、気難しくて、つぶれたような顔をもつネコ、クルックシャンクスを手に入れる。

　　　　　　　　　　T・H・ホワイトの作品中のマーリンにはフクロウのアルキメデスがおり、このフクロウは、ウォート（アーサー王）に主人のマーリンとは異なる助言を与えがちだ。またマーリンが、鳥の視点で物事を俯瞰できるようにウォートをフクロウに変えることもある。ギリシア神話の知の女神アテナがつね

に従えているフクロウは知恵を象徴し、魔法使いの友であることが一般的だ。

また魔法使いが、動物以外にも、悪魔や精霊を使い魔にしている場合もある。フィリップ・プルマンの３部作『ライラの冒険』（『黄金の羅針盤』、『神秘の短剣』、『琥珀の望遠鏡』）では、自分の分身や守護霊とも言えるダイモンを伴っている。

魔法使いの住み家

21世紀の魔法使いハリー・ドレスデンはじめ、ふつうの人々と同じ環境に住んでいる魔法使いもいるが、大半の魔法使いは、ひとりきりになれる特別な住み家をもっている。神話や人気の小説では、多くが塔や洞窟だ。

アイゼンガルド

トールキンの作品に登場する中つ国では、５人の魔法使いのなかで「白のサルマン」だけが、永遠の住み家をもつ。サルマンは、アイゼンガルドの要塞の中央に建つオルサンクの塔を選ぶ。ここは難攻不落──サルマンはそう思っている。

アイゼンガルドは巨大な岩でできた円形の城壁（「アイゼンガルドの輪」と呼ばれている）で、この岩壁には門がひとつしかなく、サルマンの時代にはここは厳重に守られていた。「力の指輪」に魅せられたサルマンが第三紀に悪へと転じると、彼はアイゼンガルドを闇の城へと変え、ここで新種のオークも創り出した。要塞は「指輪戦争」において精霊の一族エントに攻撃され、エントたちはアイゼンガルドの岩壁と門を破壊し、アイゼン川を要塞全体に流れ込ませた。

アイゼンガルドの輪の中央には、サルマンが住むオルサンクの塔が建っていた。この塔は人の子（ふつうの人間）が建てたものではあるが、建設

第 2 章 魔法の力

宇宙の使い魔

TVドラマ『スター・トレック』では、ロバート・ブロック（『サイコ』
──ヒッチコックによる同名の映画が有名──の著者）がハロ
ウィーンのエピソードを書いており、宇宙船「エンタープライズ」
号が不思議なローブを着た人物と遭遇する。この人物はコロブと
いう名で、使い魔は黒ネコだ。

　このネコは、シルヴィアという名の美しい女性に姿を変えること
もできる。シルヴィアとコロブは別の銀河から来ており、物を変化
させ支配する力をもつ。シルヴィアが「エンタープライズ」号そっ
くりの模型を火の点いたロウソクに近づけると、実際に宇宙船の
船体の温度が上昇するのだ。

　最後はカーク船長がこの変身の術を破るのに成功し、コロブと
シルヴィアを倒す。

ミスター・スポック：地球には魔法使いとその使い魔についての古
い伝説があります。
マッコイ博士：使い魔だって?
ミスター・スポック：動物の姿をした悪魔で、サタンが魔法使いに
授けたというのです。
ジェームズ・T・カーク船長：迷信さ。
ミスター・スポック：船長、わたしは伝説を作ることなどしません。
ご報告しているまでです。

PART I　　　　　　　　　　　　　　　　　　　　　　魔法の世界

には魔法がいくらか使われていた。だから、中つ国では最強のエントでさえも破壊できなかったのだ。この塔は 150 メートルもの高さがある 4 本の巨大な柱を組み合わせたもので、その頂上はそれぞれ 4 つの尖塔となり、そのあいだには小さな空間があってルーン文字や魔法のシンボルが岩に刻まれていた。この場こそ、サルマンがガンダルフを短期ではあるが幽閉していたところであり、ガンダルフは大鷲の助けを借りてようやくここから逃げ出した。

水晶の洞窟

メアリー・スチュアートの小説『水晶の洞窟』では、魔法使いのマーリンはウェールズの洞窟に住む。洞窟には魔力があり、なかではおだやかな風が吹き、ときおりマーリンのハープの弦を揺らして音楽を奏でる。スチュアート作品のマーリンは古代ケルトの宗教の祭司であるドルイドの伝統に基づいているところが大きく、また世界のできごとに積極的にかかわるというよりも、観察者と言ったほうが近い。マーリンは洞窟に長年こもっており、王となるアーサーの養育をエクター卿に託す必要が生じてようやくここを出る。

ジョン・ブアマン監督の映画『エクスカリバー』では、マーリンの洞窟は、アーサー王の居城キャメロットの地下にあることがうかがえる。そこでマーリンはドラゴン（英国のシンボル）を呼び、ドラゴンの息を使って魔法を行なう。コリン・モーガン主演のイギリスの TV ドラマシリーズ『魔術師マーリン』では、似たようなアイデアを採用しているがひねりをくわえ、洞窟内には本物のドラゴンが囚われているという設定だ。このドラゴンは若きマーリンにときおり話しかけ、アーサーを守るべきだと助言する。セカンド・シーズンの最終話ではマーリンがドラゴンを解放し、するとドラゴンは即座に、自分を洞窟に閉じ込めた復讐をしようとキャメロットを襲うのだ。

第3章

魔法使いの道具

ゆえに、太鼓を打ち鳴らすことで嵐を呼ぼうとするのを
"馬鹿げている"と言ったところで、それは儀式魔術に対する
反論にはならない。自分でその実験をやってみて、うまくいかず、
ゆえにそれが"不可能"と感じたと主張するのも公正とは言えない。
いっそのこと、絵の具とカンヴァスを用いてもレンブラント級の作品を
描けなかったという理由で、レンブラントの作品とされている絵画は
実はまったく異なる手段で作製されたのだ、
と主張してみるがよい。

―――アレイスター・クロウリー
『ムーンチャイルド』(江口之隆訳)より

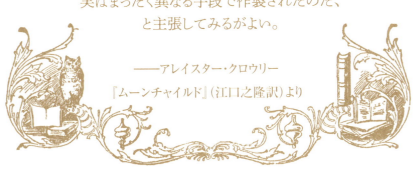

PART 1　　　　　　　　　　　　　　　　　　　　魔法の世界

ハリー・ポッターは、自分が魔法使いだとわかりホグワーツ魔法魔術学校に入学することになったため、学用品を買いにいかなくてはならない。だが学用品はペンや鉛筆、ノートだけではない。杖、大鍋、呪文の本、魔法使いのローブひと揃い、羽根ペンとインクその他が必要なのだ。

　魔法使いの基本用具は必ずしも複雑なものばかりではない。魔法使いのいる環境にもよる。実験室にこもっている魔法使いならかなり用具が充実しているだろうが、必要に迫られ町から町へと放浪の旅をするヘッジ・ウィザードとなると、自分でもち運べるだけの荷しかもっていない。また、伝説の魔法使いにはそれぞれ、必須の道具がいくつかある。

魔法の杖

　「杖が魔法使いを選ぶ」。これは『ハリー・ポッターと賢者の石』に登場する不思議な杖職人、ミスター・オリバンダーのせりふだ。現実の魔術と魔法の世界でもその通りだとは言えないが、『ハリー・ポッター』シリーズでは、杖選びは盛り上がるシーンだ。杖は、魔女や魔法使いの道具のなかでもとりわけ個人的なもち物だ。

　魔法使いの杖の歴史はとても古く、少なくとも古代ギリシアまでさかのぼれる。詩人のホメロスは『オデュッセイア』のなかで、キルケーが銀の杖を使い、オデュッセウスの部下たちをブタに変えたと書いている。杖（とくに魔法使いの長杖）と「世界樹」（第2章参照）とのかかわりを説く学者もいる。つまり、魔法使いは杖をもつことで世界の神秘の中心に触れ、その魔力を引き出すことができるというのだ。

　杖が強力な武器であることは、C・S・ルイスの『ライオンと魔女』に登場する悪役、白い魔女の例を見ればわかる。この魔女は杖を使って人や動物を石に変えてしまう。白い魔女との最後の戦いでは、エドマンド・ペベンシーが自分の剣を魔女ではなく杖に向かって振り下ろし、この杖を砕

いて魔力を破る。杖がなければ魔女はごくふつうの人間であり、ライオンの王アスランが魔女を倒して戦いは終わる。

　ガンダルフは自分の長杖を使って火をおこし、明かりを点け、『二つの塔』では稲妻を呼びバルログを倒す。トールキンの作品中では、魔法の杖は魔法使いの能力のシンボルであり源だ。アイゼンガルドの廃墟でサルマンと戦ったガンダルフは、サルマンを「白の会議」から追放し、こう告げる。「サルマンよ、お前の杖は折れたぞ」。するとほんとうにサルマンの杖は裂け、握りの部分がガンダルフの足元にころがる。サルマンは声の魔力以外の力は失ってしまい、この物語の結末近くまで、友もなく、ぼろぼろの身なりで中つ国をさまようのである。

PART I   魔法の世界

シンボル

杖は火の元素のシンボルであり、力強さのシンボルでもある。魔法使いは男らしさや女らしさ、そして4大元素――土、空気、火、水――の力を用いて呪文を唱え、また用いる道具は4大元素を表している。

　『ダンジョンズ＆ドラゴンズ』の世界のひとつ、「フォーゴトン・レルム」のウォーターディープの強力な秘術呪文使いであるケルベン・エアランサンは、その長杖からとった「ブラックスタッフ」という名で有名だ。同じくフォーゴトン・レルムの魔法使いエルミンスターとは違い、ケルベンは人を不安に思わせることが好きで、このために杖を使って強力な術を見せていた。フォーゴトン・レルムのデイル暦1374年にケルベンが亡くなると（このできごとは、スティーブン・シェンドの小説『黒き杖（Blackstaff）』に描かれている）、ケルベンの杖は弟子のツァラに譲られ、引き続きツァラは杖の魔力を使う。

大釜

　ホグワーツ魔法魔術学校では、スネイプ先生の授業で大鍋が頻繁に使われ、生徒たちはこの大鍋で魔法薬を調合する。事実、魔法使いや魔女は、魔法薬を作るのに大釜を使うことがある。

　シェイクスピアの『マクベス』では、マクベスの運命を占う3人の魔女が第4幕の冒頭でふたたび集まってマクベスに会い、さらなる予言を行なう。マクベスの到着前に、3人は大釜に魔法の呪文を唱える。

第 3 章　　　　　　　　　魔法使いの道具

PART 1　　　　　　　　　　　　　　　　　魔法の世界

　大釜のまわりをぐるぐる回れ
　腐った内臓を放り込め
　冷たい石の下で
　31日のあいだ、昼も夜も
　眠り続けて毒の汗を流す
　　ヒキガエル
　お前を真っ先に魔法の大釜で煮立ててやる！

　大釜に呪文を唱えた3人はマクベスに予言を授ける。「大バーナムの森がダンシネンの丘まで動いてマクベスに挑むことがないかぎりは」、マクベスが敗れることはないと言うのだ。

魔法円の描き方はひとつではなく、どれとして同じものはない。召喚する霊の種類や召喚の場所、季節、日時によってそれは変わる。魔法円を描く場合には、それが一年のどの時期か、どの日か、なんどきか、どの霊を召喚したいのか、その霊がどの星や地域にすむのか、その霊がなにをなすのかを考慮する必要があるからだ。

　　　　　　——アバノのピエトロ『ヘプタメロン』より

60

ペンタグラムとペンタクル

魔術師の一番重要な道具のひとつであるペンタグラムとは五芒星であり、通常はサークルがそれを囲む。ペンタグラムは防御のシンボルだ。紙や板、金属、布、地面、あるいは空中でもよいのでペンタグラムを描いて、呪文を唱えたり儀式を行なったりする。ペンタグラムを装身具にしている魔法使いや魔女は多い。玄関ドアや車のルームミラーにペンタグラムを掛けておけば、お守りになる。

ペンタクルとは護符で、五芒星をサークルで囲んだものが一般的であり、タイルや陶器、鋳鉄製の円盤に描かれていることが多い。魔法使いや魔女はこれを祭壇において食べ物などを捧げ、儀式で使用する。ペンタグラムもペンタクルも土の元素を表す。

4大元素

魔法使いが使う基本的な道具が4つある。聖杯または大釜、杖、アサミー、ペンタグラムであり、この4つは、水、火、気、土という4大元素に対応している。ペンタグラムの五芒星の5つの頂点は頭、両腕、両脚を意味し、これで人体を表している。

剣とアサミー

儀式を行なう魔法使いにとってとても重要な道具が剣やアサミーだ。第4章では、伝説の剣のなかでももっとも有名な「アーサー王のエクスカリバー」について述べる。ここでは、剣やアサミーと呼ばれる儀礼用の短剣が「空気」の元素を表す（タロットカードのデッキでは、「剣」のスートが空気［風］を象徴する）点について述べれば十分だろう。

PART 1　　　　　　　　　　　　　　　　　　　　魔法の世界

第3章　　　　　　　　　　　　　　　　　　　　　　　　　魔法使いの道具

　聖なる短剣であるアサミーは、13世紀頃から魔法使いが儀式で用いた。魔術を行なうとき、魔法使いは呪文の妨げとなる力を消し去るためにアサミーを使用する。現代では、魔法や魔術を行なうときに人を傷つける目的でアサミーを使うことはないが、伝説や物語に出てくる短剣や剣はそうとはかぎらない。灰色のガンダルフも「グラムドリング」という剣を携え、モリアの坑道でバルログと戦った。「ゴドリック・グリフィンドールの剣」は、ハリー・ポッターがヴォルデモート卿を倒すさいに大きな役割を果たした。またデイヴィッド・エディングスの『ベルガリアード』シリーズでは、若きガリオンをリヴァ王の玉座の継承者と判別するのが、神秘の力をもつ「リヴァ王の剣」だ。

衣服

　伝説や物語の魔法の世界では、魔法使いが着るのはほとんどがローブだ。ローブなら、呪文を唱えるときにも動きやすく、手入れも簡単だ。ローブの色が魔法使いの立場を表す例もいくつかある。たとえば『ドラゴンランス』の世界では、白ローブ、赤ローブ、黒ローブの3つのタイプの魔術師がいる。

◆白ローブは魔力を使って癒やし、魔術の知識を高めようとする。善の側にある者たちだ。
◆赤ローブは魔力を幻術や変成術に使う。善と悪との戦いにおいては中立の立場にある。
◆黒ローブは、当然ながら、悪の側にある者たちだ。彼らは生死を操る死霊術や人をいいなりにする術を習得し、ドラゴンランスの世界においては、このふたつは通常は黒魔術とされる。

　トールキンの中つ国の魔法使いは段階ごとに異なる色のローブをまと

PART 1 魔法の世界

い、その地位を示している。サルマンは、悪に堕ちる以前は白のローブを着ており、中つ国の魔法使いと種族の有力者たちが集まる「白の会議」の議長を務めた。ともにサウロンと戦う仲間をサルマンが裏切ると、彼の杖は折れてガンダルフが白のローブを引き継ぎ、「灰色のガンダルフ」から「白のガンダルフ」へと変わった。ラダガストは「茶のラダガスト」のままだったようだ。

　魔法使いのローブの色が意味をもたない設定もあり、ホグワーツでは魔法使いたちはみな黒いローブを着ている。

　もちろん、魔法使いがみなローブを着ているわけではない。『ドレスデン・ファイル』シリーズのハリー・ドレスデンはシカゴの電話帳に載るただひとりの「魔法使い」だが、彼はレザーのダスターコートをはおり、スタイリッシュな外見の私立探偵だ。またジョン・ディー、パラケルスス、アレイスター・クロウリーといった歴史上の人物がローブを着ていたことを示す証拠もない（クロウリーは儀式でローブを着ていた可能性があるが）。

　魔法使いのローブには、錬金術や星座の絵文字など、神秘的な概念や情報を含むシンボルがついていることもある。伝承やファンタジー小説では、シンボルや特定の言葉が、それを身に着けている魔法使いに対する畏怖心を抱かせ、またその魔法使いを人の心に刻むものとなる場合もある。それから、先がとがった帽子をかぶる魔法使いもいる。

さまざまな魔法の道具

　多くの魔法使いが音楽家でもある。たとえばメアリー・スチュアート作品のマーリンは吟遊詩人と身を偽り、ハープを弾いて英国中を旅している。ハープや横笛はもち運びが簡単で、呪文と一緒に奏でることもある。楽器がなんらかの魔力をもつ場合には、必ずと言っていいほどその楽器を奏でる。

水晶に見える未来

多くの魔法使いが、水晶玉をはじめ、水晶でできたものを使って未来——少なくともその先に起こること——を見てきた。エリザベス１世の時代の宮廷魔術師であるジョン・ディーは、水晶で占術を行なうことがよく知られていた。L・フランク・ボーム『オズの魔法使い』を原作とする映画では、「西の悪い魔女」が水晶玉をのぞいて、エメラルドの都へと向かうドロシーとその友人たちを追う。シェイクスピア作品のなかのプロスペローもときには水晶玉を使っており、これで大嵐を呼び、自分のいる島に弟を漂着させた。

第 3 章　魔法使いの道具

「魔道士はどうんなふうに埋葬するものか知ってるか？」
「もちろん」
「で、どんなふうに？」
グラニー・ウェザワックスは階段のところで立ち止まり、
振り返った。
「嫌々ながらに決まってるだろ」

——テリー・プラチェット
『魔道士エスカリナ』（久賀宣人訳）より

　魔法使いはときには水晶玉などをのぞいて、人間の目には見えないことを読む。ガンダルフも一時ではあったが、「7つの見る石」のひとつ「パランティーア」を手にした。

ルーン文字

　魔法使いが秘儀のシンボルを使うことについてはすでに述べたが、その多くは天文学や錬金術から取ったものだ。また魔法使いの多くはルーン文字を用いた。
　スカンジナビア半島の人々が作ったのがルーン文字だ。北欧神話の主神オーディンが信者に授けたという説もある。8世紀から9世紀にかけて、ヴァイキングがイングランド北部に定期的に侵攻してくるようになると、ルーン文字がブリテン島北部全域で見られるようになった。さらにルーン

PART I 魔法の世界

文字はブリテン島からヨーロッパ大陸へと広がった。そしてヴァイキング
はヨーロッパのずっと奥までこの文字を運んだのだ。今もイスタンブール
のアヤ・ソフィア大聖堂には、大昔にここまで侵攻してきたヴァイキング
がバルコニーの手すりに刻んだルーン文字が残っている。ヴァイキングは
ルーン文字を、ロシアの川を下り、地中海を渡ってイタリア南部へ、それ
にイギリス海峡を越えてフランスのノルマンディ地方（「北の人々」の故
郷という意味の名）へと伝えた。

　ルーンは物事を記すための文字だったが、魔法使いにとってはそれだけ
にとどまらない意味があった。どの文字にも動物や物、状況や神の名がむ
すびついているからだ。たとえば、アルファベットのBに似たベルカナ
というルーン文字はカバの木のシンボルであり、「成長」を意味するので
ある。

　魔法使いが呪文や呪文書を書く場合によく使うのがルーン文字だ。『指
輪物語』では、J・R・R・トールキンがルーン文字をドワーフ族の言語と
して使用した。魔術を行なう人々は今も、水晶や魔除けなど魔力をもつ物
になにかを記す場合、ルーン文字を使っている。

呪文の書

　魔法使いの道具のなかでもっとも重要とも言えるのが呪文の書だ。魔法
使い自らが生み出した呪文を書いたものもあるが、長い年月をかけて収
集、吟味した伝承や呪文、魔法が書かれていることのほうが多い。魔法の
世界では、呪文の書は「グリモワール（魔術書）」や「影の書」とよく呼
ばれる。こうした書には強力な呪文が書かれているため、通常は門外不出
とされる。伝説や伝承に出てくる呪文の書には、魔法がかけられていて、
悪用しようにも開かないようになっているものもある。持ち主だけしか読
めないようになっていたり、呪文の書が魔法で綴じてあり、開かないよう
になっていたりする場合もある。

第 3 章　　　　　　　　　　　　　　　　　　　魔法使いの道具

テレビドラマに登場する呪文の書

TVドラマ『チャームド〜魔女3姉妹〜』の魔女たちは「影の教典」をもっており、それは何世代にもわたりハリウェル家に伝えられてきたものだった。悪の魔法使いや悪魔がこれを盗み、あるいは消そうとするため、この書が各話のカギを握る場合が多かった。

魔法円

　長い呪文を唱える場合には、魔法使いは魔法円のなかで詠唱の儀式を行なう。魔法円は、このなかに一時的にエネルギーを集めて保持することで、呪文がもつ魔力を強めるのだ。また魔法円に守られ、魔法使いは邪魔をされずに儀式を行なえる。

　魔法円が力をもつのは、円が、太陽の周囲を回る惑星の軌道と同じためだという説がある。学者が言うには、地上の円が天空を映しているのである。魔法使いが天空にある物の名を書き、唱え、つまり天空を地上に模して天に呼びかけると、それらが彼とともに地上の円に入り会話できるようになるのだ。ともかく、中世においてはこう考えられていた。しかし魔法円は、惑星が太陽のまわりを回っていることを人間が知るずっと以前に、すでに魔法の儀式で使われていた。そして今日わたしたちには、太陽の周囲を回る惑星の軌道は、実際には楕円形であることがわかっている。

薬草と植物の根

　魔法使いは自然界のことにとても詳しく、自然にあって魔力を備えている物についての知識をもつ。とくに魔法の力をもつ薬草や植物の根につい

PART 1 魔法の世界

魔法円の力

ルネサンス期の芸術家であるベンヴェヌート・チェッリーニはその自伝に、彼がシチリア出身の黒魔術師と知り合ったときのできごとを記している。夜になると黒魔術師はチェッリーニをはじめ数人をローマのコロッセウムに連れていき、彼らの周囲に魔法円を描いて亡霊たちを呼び出した。この術に興味を抱くチェッリーニは亡霊たちに願をかけたのだが、次々と現われる亡霊に魔法円内のほかの人たちは恐れおののいた。だがしばらくすると亡霊たちは姿を消しはじめる。結局、黒魔術師が描いた魔法円のなかに入ってこられた亡霊はいなかったのである。

ての知識は豊富だ。こうした植物は干して粉に挽き、魔法薬に混ぜたり、燃やしたりしてさまざまな魔力を発揮させる。薬草を燃やすと魔法使いや被術者になにかが見えるようになり、それをあとで解釈するという術を行なう場合もある。また多くの植物は癒やしの力ももっている。

呪文を唱える

魔法使いが必要な物を集め、ペンタグラムや魔法円を描き、大釜の準備をして手に杖を握りしめれば、呪文を唱える準備は万端だ。呪文の難易度も魔法使いの経験値もさまざまではあるが、魔法使いたちは、程度の差はあっても複雑な呪文を唱える。前章で述べたようになんらかの物を必要とする呪文がある一方で、ただ言葉だけ、つまり唱えるだけでよいものもある。

しかしなにより重要なのは、魔法使いが呪文をうまく使いこなせるという点だ。この能力は、召喚の呪文（霊を呼び寄せる）にとくに不可欠だ。H・P・ラヴクラフトの作品では、悪魔の呪術師ジョセフ・カーウィンに対し、古いつきあいの魔術師がこう警告する。「繰り返し述べるが、鎮魂できない物は呼び醒ましてはならない。それは君に反抗する危険もある。このとき君の最強の呪文も効き目はないかもしれないのだ」（作中に出てくる古めかしい呪文はラヴクラフトが考案したものだ）。

経験の浅い魔法使いが強力な霊を呼び出すと、よくない結果が生じる場

合が多い。16世紀の神学者であるマルティン・デル・リオは『魔術探求（Disquisitiones Magicae)』に、次のような物語を書いている。

「コルネリウス・アグリッパ（著名な魔術師）とよく食事を同席する者がいた。詮索好きな若者だ。あるとき外出するアグリッパは、妻……に書斎の鍵を預け、絶対にだれも書斎に入れないようにと言いつけた。この時とばかりにその無謀な若者は、おろかな妻に、書斎に入れてくれと懇願しはじめた……。彼は書斎に入り、『召喚の書（A Little Book of Invocations)』を見つけてそれを（声に出して）読んだ。すると、だれかが書斎のドアをたたいた。しかし彼は読み続け、だれだかわからないがドアをたたく音も続く。若者（魔術にかかわることにはまったく経験がなかった）が返事をせずにいると、悪魔が書斎に入ってきた。『なんの用だ？』悪魔は聞いた。『なにをしろと言うのだ？』。若者は恐怖で喉がつまりなにも言えず、すると悪魔は若者の首を絞めた」

まともな魔法使いは召喚の呪文とともに元に戻す呪文も使えるものだ。

これから呼び出す物の名前は、魔法使いが唱える言葉のなかで一番力をもつ。魔術では、名前はなにより重要だ。物の名前を知ることは、それを支配する方法を得ることを意味する。このため、自分のほんとうの名を知られないようにしている魔法使いは多く、呼び名をいくつももっていることもある。

9世紀のユダヤの文書『イエス伝（Toledot Yeshu)』によると、イエスは神の名を知ることで奇跡を起こす力を得たという。この文書ではイエスは魔術師であり、ユダはイエスの主敵だ。そしてユダも神の真の名を知り、ユダとイエスは魔術で戦う。空中を飛びながら、ふたりは相手に対して呪文を唱えるのである。

ここまで、魔法使いが魔法や魔術に用いるおもな道具をいくつか見てきた。PART 2では、世界のあらゆる地、あらゆる時代における伝承や伝説の魔法使いを見ていこう。

Part 2

長い歴史をもつ
偉大な魔法使い

Great Wizards of History

PART 2　　　　　　　　　長い歴史をもつ偉大な魔法使い

第4章

マーリン
過去と未来の魔法使い

マーリンは穏やかに微笑した。
「……わしは、すべての人間が知恵を己のみに見出さんと努力し、
他には求めんようにするのが神のご意志だと存じております。
赤子は乳母から柔らかく噛んだ食べ物を与えられることがあっても、
大人は自分のために
知恵を飲んだり食べたりできると」

——マリオン・ジマー・ブラッドリー
『アヴァロンの霧②　宗主の妃』
（岩原明子訳）より

第 4 章　　　　　マーリン　過去と未来の魔法使い

　もっとも有名な魔法使いと言えば、それはおそらくマーリンだ。彼の伝説をたどることで、わたしたちは多くの魔法使いに関するさまざまな物語に触れ、魔法使いの伝説がどのようにして生まれたかを知るのだ。

　もちろんマーリンは、「アーサー王と円卓の騎士」という壮大な物語の一登場人物にすぎない。「ブリテンの話材」と言われることもあるこの伝説は、イギリスの国民的神話となっている。この伝説にかかわるとされる場所もいくつか実在する。コーンウォール州のティンタジェルはアーサー王の出生の地であり、サマセット州のグラストンベリーにはアーサー王とグィネヴィア妃が埋葬されていると言われる。グラストンベリーは、謎に包まれたアヴァロンの島だともされている。アヴァロンは、モードレッドの叛逆によって瀕死の重傷を負ったアーサー王が運ばれた地だ。

ジェフリー・オブ・モンマス

　マーリンの物語は、1136 年にジェフリー・オブ・モンマスが書いた『ブリタニア列王史』に登場するのがはじまりだ。印刷技術が誕生する以前の時代には、書物はすべて手で写し装飾を行なわなければならなかった。そうした時代の書である『ブリタニア列王史』が非常に多数——200 冊を超える——現存していることから、この書の人気の高さがうかがえる。

　ジェフリーの物語では、サクソン人と手を組もうとするブリテン王ヴォーティガンが塔を建てようとするが、何度建てても壁が崩壊する。ヴォーティガンは宮廷魔術師から、父親のいない少年を生贄にしなければ崩壊を止められないと教えられる。ヴォーティガンの兵士が見つけたその少年こそマーリンであり、彼らはマーリンを王のもとに連れてくる。しかしマーリンは、壁の土台の下では 2 匹のドラゴンが戦っており、それが壁が崩壊する原因なのだと王に言う。そしてその場でマーリンは、ブリテン島の先住民であるブリトン人が、侵略者のサクソン人に勝利するという予

言を行なうのだ。

　その直後、ローマ兵のアンブロシウス・アウレリアヌスとその弟のウーサーがイギリス海峡を越え、ヴォーティガンを戦闘で倒す。マーリンはアンブロシウスの宮廷に仕え、その力を役立てた。アンブロシウスがサクソン人に殺害された人々を悼む碑を建てたいと言うと、マーリンは、それにふさわしいのはアイルランドにある巨大な立石群だけだと助言する。強力な魔術を使ってマーリンはこの石をアイルランドから運び、積みなおして記念の碑とした。それが今日、ストーンヘンジと呼ぶものだ。

　アンブロシウスが亡くなると、そのあとをウーサーが継ぐ。これ以降は、わたしたちにはなじみのある話だ。ウーサー王が、コーンウォール公の妻であるイグレインに恋をする。そして王の求めに応じ、マーリンはウーサーの姿をコーンウォール公に変え、イグレインはウーサーを夫だと思い床をともにする。そしてイグレインはアーサーを宿すのだ。

　ジェフリーの物語ではこの時点でマーリンについての記述はなくなり、石に突き刺さった剣や、のちにマーリンがアーサー王の統治にかかわることは一切でてこない。しかしジェフリーは『ブリタニア列王史』の1章分をすべてマーリンの予言にあて、この章がひとり歩きして、マーリンは予言者であるとの評価は確立したのである。

　ジェフリーのラテン語による作品はウァースによってアングロ＝ノルマン語に翻訳され、それからラヤモンによって中英語に訳された。この中英語版には、マーリンが宮廷に戻ってきてウーサー王に助言する場面があるのだが、それでも石に刺さった剣の記述はない。

第 4 章 マーリン　過去と未来の魔法使い

ロベール・ド・ボロン

　フランスの詩人、ロベール・ド・ボロンが1200年頃に著した『メルラン』（邦訳は『西洋中世奇譚集成　魔術師マーリン』横山安由美訳）では、宮廷に仕える以前の、夢魔を父にもつというマーリンの生まれについて語られている。この作品では、マーリンの予言の能力は、母親が敬虔なキリスト教徒であったため神から賜ったものとされている。ボロン版のマーリンは、「巨人の舞踏」（ストーンヘンジ）をアイルランドからイングランドへと運ぶことにくわえ、カーライルに「円卓」を設置する（のちの伝説とは違い、ボロン版ではアーサー王ではなくウーサー王の統治期に円卓がおかれる）。

　そしてようやく、石に突き刺さった剣の話が登場する。アーサーが王の子であり、玉座の正統な継承者であることを証明するものだ。ド・ボロンは、マーリンをこうしたできごとの立役者として登場させている。

　アーサーが玉座についたあと、マーリンはアーサー王にエクスカリバー

天使、それとも悪魔?

　アーサーの王位継承におけるマーリンの役割を、ファウストに助言を行なう悪魔、メフィストフェレスに例える人もいる。確かに、ウーサー王の姿を変えてイグレインと交わらせるさいに、マーリンに良心の呵責などまったくないのは事実だ。しかしマーリンの行ないは、アーサー王が統治する偉大なるブリテンを実現させるためだったとも言えるはずだ。

第 4 章　　　　　　マーリン　過去と未来の魔法使い

の剣を与え、アーサー王とその騎士たちの死を予言する。また、「聖杯」
の探索や、トリスタンとイゾルデの恋愛といったできごと、さらには自身
の死についても予見するのだ。マーリンの死はニネヴェという名の不実な
若い女性がもたらすもので、ニネヴェは老魔法使いマーリンを誘惑して魔
術を教わり、それを使ってマーリンを洞窟に閉じ込めて、巨石で入り口を
ふさいでしまう。

トマス・マロリー

　ボロンのマーリンから300年近くのち、ほぼ同じような物語が書かれ
た。英国人騎士のサー・トマス・マロリー（素行はあまりよくなかったよ
うだ）による『アーサー王の死』だ。この作品の人気が高いのは、ひとつ
には（15世紀には伝説の王についての物語が大きな人気を博していたの
とは別に）、イングランドで、「活版印刷」という新しい技術で製作された
書のひとつだったからだ。
　マロリー作品のマーリンはド・ボロンのマーリンと似ているが、予言者

アーサー王の死

**偉大なるファンタジー作家、J・R・R・トールキンはかつて、アー
サー王の死をうたった頭韻詩（古英詩の1行はふたつの半行
からなり、前半行と後半行の語頭音を同じものにする）を書き、
それはほぼ1000行にもおよんだ。この詩が発表されたのは、息
子のクリストファー・トールキンが注釈版を刊行した2013年のこ
とだった。**

PART 2　　　　　　　長い歴史をもつ偉大な魔法使い

という面はそれほど強調されていない。マロリーはニネヴェの名もニムエに変更した。マロリーはおもに、フランス語で書かれた5巻からなるロマンス『流布本サイクル』と、現代の学者が『頭韻詩アーサー王の死』、『八行連詩アーサー王の死』と呼ぶ英語の2作品を典拠とした。

後世の作家

　わたしたちがよく親しんでいるマーリンは、マロリーが描いたものですべての要素がそろうが、後世の作家たちも、この偉大な魔術師の話をさまざまに書いた。19世紀には、詩人のアルフレッド・テニスン卿がアーサー王に関する壮大な物語詩『国王牧歌』を書いた。この物語詩の「マーリンとヴィヴィアン」の章では、マーリンの死が語られる。テニスンは『国王牧歌』を書くさいに中世の伝説をよりどころとし、マロリー作品のニムエを、「湖の乙女」ヴィヴィアン（エクスカリバーをアーサー王に与える）としている。この物語詩では、それまでの作品よりもヴィヴィアンの役割がずっと破壊的なものになっている。ヴィヴィアンは王妃グィネヴィアの取り巻きとなって、宮廷内にランスロット卿と王妃との恋愛の噂の種をまく。またアーサーを誘惑しようとしてうまくいかず、ヴィヴィアンはマーリンに目を向けるのである。

　　そして、ヴィヴィアンは「彼」を手に入れようとする。
　　史上もっとも名高いその男
　　マーリンは、魔術のすべてを知り、
　　王のために港、船、宮殿を建ててやった。
　　彼は吟遊詩人でもあり、星の配置も知る。
　　そのマーリンを人は魔術師と呼ぶ。
　　ヴィヴィアンはまずさりげない言葉をかけて、会話を弾ませ、
　　あでやかな笑みを見せて、かすかに毒のある言葉を口にし、

あちこちへと顔を出す。
情にもろい予言者マーリンは、
ヴィヴィアンが不機嫌なときにもやさしく見守り、
ふたりのあいだに愛など見えないときにさえ、ともにいて、笑う、
子猫を見守る人のように。
こうしてマーリンは次第に、
半ば軽蔑する行ないにも寛容になっていき、そしてヴィヴィアンは、
おのれが半ば蔑まれていることを見抜きながら、
狙った獲物を激情で狂わせはじめた。
ふたりが会うときのヴィヴィアンの感情の波は激しく、
大きなため息をつき、あるいはなにも語らずにマーリンをみつめ、
この老人はその愛にからめとられ、
疑いを抱きつつ、おだてを感じ取りながらも、ときには
まだ恋ができる年なのだと心ひそかに喜び……

　「年はとっていても恋をしたい」という老魔術師の弱みを利用し、ヴィヴィアンはマーリンに取り入って魔法の秘術を盗み、最後には呪文を唱えてマーリンを樫の木の幹に閉じ込めるのだ。
　後世の作家や小説家たちが、この筋書きに変更をくわえている場合もある。メアリー・スチュアートの『最後の魔法（The Last Enchantment）』では、マーリンとニニアン（ヴィヴィアンの名はこう変更されている）は恋に落ち、深く愛し合う。だがふたりのロマンティックな牧歌は、マーリンの突然の病と死によって終わる。ニニアンはマーリンを悼み、マーリンが愛した水晶の洞窟に彼を埋葬する。時を経て目覚めたマーリンは苦労の末に墓を出て、キャメロットに自分が健在であることを伝えようとする。しかしニニアンには別の恋人がおり、新しい宮廷魔術師として足場を固めている。マーリンは彼女の新しい関係を受け入れ、洞窟に戻り隠者として生きていくのである。

第4章　マーリン　過去と未来の魔法使い

PART 2　　　　　　　　　　長い歴史をもつ偉大な魔法使い

　ジョン・ブアマン監督の映画『エクスカリバー』では、マーリンを水晶の洞窟に閉じ込めるのはモーガナだ。モーガナは策略をめぐらせてマーリンから召喚の呪文を教わり、その魔術でマーリンを閉じ込める。しかしマーリンにとって致命的な一打となったのは、アーサー王に対するランスロットの裏切りが判明したことであり、王国は分断し、衰退の一途をたどって、混沌が王国を支配する。結局、マーリンが人の世に戻れるのは夢のなかでのみとなる。

名がもつ力

　何世紀も経つうちに、マーリンの名は謎や陰謀の代名詞ともなっていく。ジョン・ル・カレのベストセラー小説『ティンカー、テイラー、ソルジャー、スパイ』にもマーリンの名が出てくる。サーカス（ル・カレの小説に登場するイギリスの諜報機関）はクレムリン内に、ソ連政府の最高レベルの政策決定にアクセスできる重要情報源を確保する。この情報源のコードネームが、そう、「マーリン」なのだ。情報源からの情報は「ウィッチクラフト（魔術）」というコードネームだ。
　ル・カレが書いたのは、裏表のある言行と筋書きを幾重にも織り込んだ、心躍る小説だ。最後にマーリンの正体が思わぬ人物であることが暴かれる。

第 4 章　　　　　　　　マーリン　過去と未来の魔法使い

マーク・トウェインとマーリン

　最高におもしろい──そしてひどい──マーリンを描いたのは、19 世紀最高のアメリカ人風刺作家だ。1889 年、マーク・トウェインは『アーサー王宮廷のヤンキー』を刊行した。この小説では 19 世紀に住む主人公が、不思議な力でキャメロットに飛ばされたことに気づく。そしてキャメロットでこの主人公は、迷信と無知にとらわれた当時の人々を相手に 19 世紀の科学技術を使うのだ。ヤンキー（主人公ハンク・モーガンのことだが、彼はキャメロットでは「ボス卿」と呼ばれている）にとってマーリンとは、その時代のまちがいすべてを体現するものだ。マーリンは偽魔法使いであり、彼は安っぽい手品でアーサー王の宮廷を欺いているだけなのであって、効力をもつのは「ボス卿」が行なう真の科学のみなのである。ヤンキーは、マーリンが自分に魔法をかけたことを人から教えられると、思わず怒りの声をあげる。

　　「マーリンが魔法をかけたって！　マーリンが、へん！　あのけちなほらふきじじい、あのもぐもぐ野郎のロバじじいがか？　バカバカしい、くだらん、世の中にこんなたわけたバカ話があるもんか！　ええ、おれの感じとしちゃあ、子供じみてあほらしくって、のろまで、そのうえおくびょうな御幣かつぎの野郎のうちでも、これほど──ちぇっ、いまいましいマーリンめ！」
　　　　　　　　（マーク・トウェイン『アーサー王宮廷のヤンキー』
　　　　　　　　　　　　　　　　　　　　　　　　　　大久保博訳より）

　一時は王の助言者の地位についたボス卿は、マーリンがアーサー王におよぼす影響を排除しようと、ある機会を利用して魔力（実際には火薬）でマーリンの塔を吹き飛ばす。さらにこの魔法使いの顔をつぶそうとするボ

ス卿は、マーリンに天気予報をさせるのだ。

　というのも、彼は、王国きってのデタラメ天気予報官だったからだ。彼が海岸沿いに危険信号をあげるよう命令を出せば、必ず1週間もまったく静かな日がつづくし、快晴の予報を出せば、必ず煉瓦（れんが）のつぶてほどもある大粒の雨が降ってくる。

　しかし残念ながら、最後に勝つのはマーリンだ。モードレッドの陰謀によってアーサー王が命を落としたあと、ボス卿とその52人の仲間はイングランドの騎士たちを相手に戦い、民主的な共和国を作ろうとする。ボス卿とその仲間は、電気を通した鉄条網で囲い、ガトリング機関銃で防御した洞穴にこもって敵を壊滅状態にし、一見科学が勝利するかのようだ。だがマーリンは変装してその洞穴に潜り込み、負傷したボス卿に呪文（効き目がある数少ない魔術のひとつ）をかけると、ヤンキー（ボス卿）はその後13世紀のあいだ眠りにつく。そしてヤンキーが目を覚ますと、19世紀というわけだ。マーリンについてはこうだ。「と、そのとき狂乱にも似たバカ笑いがマーリンを襲った。そのあまりの激しさに奴は酔っぱらいのような足取りでヨロヨロと出ていった。そしてやがて、われわれの鉄条網にひっかかってしまった。奴の口は今でも大きくあいている。どう見ても、まだ笑いつづけているように見える。きっとその顔は、化石のようになったその笑いをいつまでももちつづけることだろう。死体が崩れて塵（ちり）にかえるその日までだ」

映画とテレビのなかのマーリン

　映画製作者にとってマーリンは、つい登場させたくなるキャラクターのようだ。伝統的な魔法使いのイメージにぴったりだからだろう。ここに挙げるのはマーリンが登場する映画と、マーリンを演じた俳優たちだ。

第4章 マーリン　過去と未来の魔法使い

◆『魔法使いの弟子』(2010年) ジェームズ・A・スティーヴンズ
◆『マーリンの帰還 (Merlin: The Return)』(2000年) リック・メイヨール
◆『タイムマスター／時空をかける少年』(1995年) ロン・ムーディー
◆『エクスカリバー』(1981年) ニコール・ウィリアムソン
◆『宇宙人とアーサー王 (The Spaceman and King Arthur)』(1979年) ロン・ムーディー
◆『吸血鬼ドラキュラ2世』(1974年) リンゴ・スター

モンティ・パイソンとティム

　「モンティ・パイソン」を名乗るコメディアン6人組が作ったアーサー王伝説の映画は、とても有名で、そしてばかばかしい作品だ。パイソンズ（エリック・アイドル、ジョン・クリーズ、マイケル・ペイリン、テリー・ジョーンズ、グレアム・チャップマン、テリー・ギリアム）は1975年に『モンティ・パイソン・アンド・ホーリー・グレイル』を公開したが、マーリンを登場させないことにしたようだ。とはいえ、アーサー王時代のイングランド（「聖なる手榴弾」、腕や足を切られても勇敢に戦い続ける「黒騎士」、巨大な木のウサギが登場する）をテーマにしたこの映画には、ひとりの妖術師が出てくる。ただ、その名が「マーリン」ではないのだ。アーサー王と騎士たちが神秘の洞窟を探して岩山を旅していると、ぼろをまとい、遠く離れた岩山に向けて炎を吐く妖術師に出会う。
　そしてその妖術師は冷ややかにこう言うのだ。「わしのことを、こう呼ぶ者もおる……『ティム』とな!」

第4章　　　　　　マーリン　過去と未来の魔法使い

『エクスカリバー』でウィリアムソン演じるマーリンは、資料をできるかぎり忠実に再現したものだと言える。マーリンは神秘的で、思いもよらないときに姿を現わす。しかしまちがいも犯しやすく、先を読む力もあまりない。

王の正当な血筋であることを証明しようと奮闘する若きアーサーに対し、ユリエンス卿は「お前は騎士でさえないではないか」と怒りの声を上げる。

「その通りだ」アーサーは答える。「僕はまだ騎士ではなかった。ユリエンス卿、僕を騎士にしてくれ」アーサーはこう言うと、エクスカリバーを自らの敵に差し出し、ひざまずく。

「なにをやっているのだ！　信じられん！」。マーリンはこう叫ぶ。

だがそれですべてはうまくいき、エクスカリバーの力とアーサーの勇気に感銘を受けたユリエンス卿は、アーサーを騎士に叙して王と認め、忠誠を誓うのだ。マーリンは、ときおり、先のことが見えない点ではふつうの人と同じになってしまうことがあるのだろう。

『王様の剣』

1963年にディズニーは、若き日のアーサー王を題材としたT・H・ホワイトの古典を、アニメーション映画『王様の剣』にした。セバスチャン・キャボット（のちに、TVドラマ『ニューヨーク・パパ』のフレンチ役で有名になった）は別として、無名の声優たちが登用された作品だ。この映画のマーリンは、ホワイトが描いたように少々風変わりでぼーっとした老人で、たまたま魔法使いだったという感じだ。しかし映画では原作のなかの大きな要素をいくつか省き（たとえば、若きワートが修行のため、マーリンに連れられて騎士の戦いを見に行く場面など）、その代わりに、マーリンと悪い魔法使いのマダム・ミムの魔法対決を挿入している。この対決は1938年刊の原作には登場するが、1958年版ではホワイトが削除した。

ワートは、マーリンが飼っているフクロウのアルキメデスと一緒に、安

全なところからこの魔法使いの決闘を見守る。ふたりの魔法使いは交互に動物に変身し、その姿で相手を倒そうとする。マダム・ミムは、当然ながらズルをして姿を見えなくするが、これは明らかなルール違反だ。そのあとマダム・ミムはワニ、キツネ、ニワトリ、ゾウ、トラ、ガラガラヘビ、サイと次々に姿を変える。最後に変身したのが、火を吐くドラゴンだった。

　　　マーリン：こらこら、ミムや、……ドラゴンはなしじゃったろう？
　　　マダム・ミム：紫のドラゴンはだめじゃないわよ。

　マーリンはすぐさま姿を消し、ミムはこれにズルだと文句を言う。
　「マダムや」。老魔法使いは厳かに答える。「消えてはおらん。小さく、小さくなっただけじゃ。病原菌じゃよ、お前さんにだけ取りつく病気のな。お前さんはこの病気にかかったんじゃよ、ミム！」
　対決の場面は小屋のベッドにミムが休んでいるところで終わり、顔面蒼白で具合が悪そうなミムにマーリンとワートが別れを告げる。

『キング・アーサー』

　2004 年の映画『キング・アーサー』（キーラ・ナイトレイがグィネヴィアを、クライブ・オーウェンがアーサー王を演じた）のマーリンはかなり変わっている。この作品は、アーサー王伝説の時代設定をローマ帝国衰退期のブリテン島にし、魔法の要素を大幅に取り除いている。アーサーはローマ帝国に属する騎士を率いており、ブリテンにおいて、魔術師マーリン率いる反乱軍のウォードの民と戦う命令を受けている。またその当時のブリテンは、ゲルマン民族であるサクソン人から 4 繰り返し攻撃を受けている。
　ローマ側に捕らえられていたウォードのひとりグィネヴィアは、アーサーに打ち明けたところではマーリンの娘であり、アーサーとマーリンの

「なぜなのだ」王は言った。
「そなたはこの世でもっとも賢明なる者。
この先にあることが見えている。
ならば自らの命を救えばよいではないか」
マーリンは穏やかに答えた。
「叡智を備える身でありますから。
知と恋という感情が争うとき、
知はまず勝てないのです」

――ジョン・スタインベック
『アーサー王と気高い騎士たちの行伝』より

　話し合いをとりもつ。アーサーは母親がブリトン人であるため、マーリンはウォードとアーサーたちが手を組み、サクソン軍を退けることを望む。クライマックスとなる戦いの場面では、アーサーとウォードがサクソン軍を倒すが、アーサーの友であるランスロットは命を落とす。アーサーとグィネヴィアはサクソンの侵攻に対する抵抗勢力を指揮し、マーリンはアーサーをブリテンの王と宣言するのである。

小さな画面上のマーリン

　有名な魔法使いマーリンはテレビでもおなじみのキャラクターだ。TVドラマ版『アーサー王宮廷のヤンキー』、サム・ニールとミランダ・リチャー

ドソンが出演した『エクスカリバー　聖剣伝説』（1998年）と『エクスカリバーⅡ　伝説の聖杯』（2006年）というミニ・シリーズ2作品、それにBBCのシリーズで2008年から2012年まで放送された『魔術師マーリン』など、マーリンが登場するドラマがいくつか製作された。さらに、1981年に開始の『ミスター・マーリン（Mr. Merlin）』（バーナード・ヒューズが魔術師を演じた）は、2シーズンにわたって放送された。

テレビのマーリン

　TVドラマに登場するマーリンのなかでもよく知られているのが、サム・ニール演じるマーリンだろう。このドラマでは、マーリンの出自について新しい設定がなされている。マーリンは精霊界の女王マブ（ミランダ・リチャードソン）の魔法で母の胎内に宿り、彼をマブに渡すことを拒んだ女性に育てられる。マブは、キリスト教が浸透する以前の太古の社会を取り戻そうと、魔力をもつマーリンを利用しようとしていたのだ。

　女王マブはこうしてマーリンの敵となる。そしてマブに対抗するうえで

新しい神の登場

マーリンがブリテン島におけるキリスト教以前の宗教を体現し、「唯一神」に対抗する存在だというアイデアは、現代の物語に広く浸透している。たとえば映画『エクスカリバー』やメアリー・スチュアートの『水晶の洞窟』、マリオン・ジマー・ブラッドリーの『アヴァロンの霧』もそうだ。しかし、昔からあるマーリンの物語にはそうした設定はない。たとえばトマス・マロリーの『アーサー王の死』は、完全にキリスト教的背景をもつ内容だ。

第 4 章　　　　　マーリン　過去と未来の魔法使い

アーサーが大きな戦力となると見たマーリンが、アーサー王の受胎と養育にかかわることになる。またマーリンは同じ年ごろの湖の乙女ニムエと出会うが、これもそれまでのマーリンの物語とは異なる要素だ。

　ニールが演じたマーリンは高い評価を受け、このシリーズは多数の賞を受賞した。ニールは『エクスカリバーⅡ　伝説の聖杯』でふたたびマーリン役についた。

BBC 製作のドラマ 『魔術師マーリン』

　アメリカの TV ドラマ『ヤング・スーパーマン』（スーパーマンの少年時代の物語）の成功に発奮し、英国放送協会（BBC）は 2008 年に『魔術師マーリン』の放送を開始した。マーリンにはコリン・モーガン、アーサーにはブラッドリー・ジェームズという配役だ。若きマーリンとアーサーのドラマで、主従関係にあるふたりが友情とも呼べる絆を育んでいく。

　このドラマのアーサーは、宮廷の外で秘密に育てられているという設定ではない。ウーサーの息子（ウーサーはアンソニー・ヘッドが演じた。ファンには『バフィー〜恋する十字架〜』のジャイルズ役でおなじみだ）であるアーサーは、自分が王子であり、将来玉座につく身であることは十分承知している。マーリンはアーサーの従者になるが、魔法使いであることはアーサーと周囲の人々には絶対に知られないようにしている。ウーサーが法で魔法を禁じており、魔法を使用すると死刑になるからだ。マーリンはドラゴンと親しく（ジョン・ハートが声を担当した）、ドラゴンはときおり彼に助言する。このドラゴンは、マーリンがなにをおいてもアーサーの身を守らなければならないのだと説く。このためマーリンは、魔法使いであると知られないようにしつつ、魔法を使って王子アーサーのさまざまな敵を倒すという苦労の連続だ。それにくわえてマーリンは、傲慢なアーサーを相手にウィットと皮肉で切り返さなければならない。

　　アーサー：気をつけろ。俺はずっと殺しの訓練を受けてきたんだ。

マーリン：それはそれは。マヌケの訓練は受けたのか？

アーサー：そんな口をきいていいと思ってるのか。

マーリン：失礼しました。王子さま、マヌケの訓練はお受けになったのですか？

　幸い、アーサーは自己中心的な愚か者のように振るまってはいても、自分でそれに気づく程度の分別はある。このシリーズが描いているのは、若いふたりがともに成長し、友情の絆を育んでいき、それがその後の人生に役立っていくという物語とも言える。

　モーガン・ル・フェイはこのシリーズではモルガーナという名になっており、当初はマーリンともアーサーとも友人だ。しかしウーサーが彼女の両親を裏切ったことがわかるとふたりの敵に転じる。グィネヴィアは王女などではなくごくふつうの民のひとりで、最初にマーリン、その後アーサーの友人となり、それから王子と恋に落ちて（ウーサーの反対をはねのけ）結婚する。

　このシリーズはイギリスで大きな人気を博し、2009年初めにはアメリカに輸出された。

時代を超えた魔法使い

　伝説のなかで、「魔法使いとはこうあるべき」というすべてを体現しているのがマーリンだ。だから何千とは言わないまでも、何百というマーリンの物語が何世紀にもわたって生まれているのだろう。メアリー・スチュアートの小説『ホロー・ヒルズ（The Hollow Hills)』でも、マーリンが悪の魔女モルゴースにこう言う。

　　わしは何者でもない。空気であり、闇であり、言葉であり約束だ。わしは洞窟に控え、水晶越しにものを見る。だが外の光の世界にはわ

第 4 章   マーリン　過去と未来の魔法使い

しが仕えるべき若き王がおり、輝く剣がなすべきことを行なう。そして
わしが作る国は時を重ねていき、そこではもはやわしの名は忘れら
れた歌にしか見つからず、わしは使い古された知恵となっている。だ
がモルゴースよ、そのとき、そなたの名は闇でささやかれるものでし
かないのだ。

　これ以降はマーリンから離れ、この世に住み、遠大な魔法をこの世にも
たらす魔法使いたちに目を転じることにしよう。

PART 2　　　　　　　　　　　　長い歴史をもつ偉大な魔法使い

第 5 章

西洋の魔法使い

だが、君に話しておくことがある。君が不幸だということは、
つまりは君が魔法使いだからなんだ。魔法使いは強い。
それは痛みを感じるからだ。この世界の現状と、
自分が思う世界とのギャップに苦しむんだ。
その胸の痛みはそうとでも言うしかないだろう？
魔法使いは強い。
ふつうの人間よりも傷つきやすいからだ。
その痛みが強さとなるんだ。
——フォッグ学部長の言葉
レヴ・グロスマン『マジシャンズ』より

第 5 章　　　　　　　　　　西洋の魔法使い

魔術や魔法の存在は人類が生まれた頃までさかのぼれるが、西洋では、古代ギリシアとペルシャ帝国において魔法が初めて体系化された。英語の「魔法（magic）」はペルシャ語の「マゲイア（mageia）」から生まれた。この言葉は「マゴス（magos、複数形は magoi［マゴイ］）」が行なう儀式や式典を意味するものだ。ギリシア時代初期の年代史家ヘロドトスは、「マゴイ」が葬儀やその他聖なる儀式を執り行なったと述べている。さらに彼らは天候もコントロールできた。ペルシャの船団が大嵐に見舞われ難破しかけたときには、ペルシャのマゴイが呪文を唱えて暴風を鎮めたのだ。

とはいえ古代の世界では、魔法や魔法使いに対してよいイメージはなかったようだ。ソフォクレスのギリシア悲劇『オイディプス王』では、予言者テイレシアースはあまり敬意を払われていない人物だ。ヘロドトスはその著書『歴史』で「マゴイ」に対してやはり軽蔑的な表現をしており、それはマゴイが役に立つ行ないをした場合でも変わらない。

紀元前 2 世紀以降、ローマ帝国が栄えることで、地中海周辺の魔術の習慣がヨーロッパに流入することになった。ローマ帝国最初期の法である「十二表法」では、一部のまじないや魔術の儀式を不法行為であると定めており、魔術は大いに注意を引く問題だったようだ。ローマ帝国がその力と領土を増すにつれ、ギリシア、エジプト、ペルシャ、ヨーロッパのその他遠隔地やアジアから、魔術の儀式や魔法使いがローマに入ってきたのである。

ローマ帝国の文献には、魔法使いが作り売っていた多種多様な媚薬や、恋の呪文について書かれていることがある。ラテン語の叙事詩『アエネーイス』では、カルタゴの女王ディードーがトロイアの英雄アエネアースと恋に落ちる。しかしアエネアースは、都市建設のためにイタリアに向かうことが自分の定めだと告げ、ディードーは必死に彼を引き留めようとする。悲嘆にくれたディードーは、彼を取り戻すかこの苦しみから逃れるために、呪文を唱えて心を思いのままにする巫女から会得した魔法を使

PART 2　　　　　　　　長い歴史をもつ偉人な魔法使い

魔術師、エドワード・ケリー画

第 5 章　西洋の魔法使い

くじ占い

ローマ帝国の魔術師はさまざまな方法で将来を占ったが、なかでもよく使われたのがくじだった（つまり、さまざまな予言を書いたものを手あたり次第に引くのだ）。くじは「ソルテス（sortes）」と呼ばれた。このラテン語から、占いを意味する「ソルティレギウム（sortilegium）」が派生し、やがて魔術や魔法そのものを表すようになった。さらに古フランス語に取り入れられたのち、フランス語で魔術を意味する「ソルセルリー（sorcellerie）」になった。これはもちろん、英語で魔法使いを意味する「ソーサラー（sorcerer）」の語源だ。

い、儀式を行なうと妹に言う。しかし神々が運命におよぼす力は強大で、アエネアースにはなにごともなく、カルタゴとディードーのもとを去った。絶望した女王ディードーは自ら命を絶ち、船上のアエネアースには、ディードーの火葬の煙が空にのぼっていくのが見えるのである。

呪詛板と呪詛人形

ローマ時代から中世まで、魔術によく用いられたものがふたつある。呪詛板と呪詛人形だ。

呪詛板には木材や石板がよく使われ、魔法使いがそれに、通常は特定の人物に向けた呪詛や呪文を記す。その後この呪詛板を墓地など魔力をもつと考えられる場所に埋めるのだ。考古学者はこうした呪詛板を多数発見している。

99

PART 2　　　　　長い歴史をもつ偉大な魔法使い

「敵というのは」魔道士はいった。
「名誉の代償だよ」

————テリー・グッドカインド「骨の負債」
（幹遥子他訳）より

　呪詛人形はヴードゥーの人形とほぼ同じだ。魔法使いは呪詛する相手の身代わりとなる人形を作り、その人形に呪文を唱えたら埋めるか燃やす。この習慣が、大西洋を越えて新世界アメリカ大陸まで伝わったことはよく知られている。1692年のセイレムの魔女裁判で有罪となった魔女のうち数人は、身近な人に攻撃や報復を行なう呪詛人形を作ったことが罪状だった。この人形は今日では「ポペット」と呼ばれている。

ヘルメス・トリスメギストス

　エジプトはローマに豊かな魔術の伝統をもたらした。紀元2世紀から3世紀にかけてのある時点に、膨大な魔術を収めたエジプト語の文献がラテン語に翻訳され、あっという間にローマ帝国の魔法使いに広まった。これらの魔術はおそらくもとはさまざまな時代や場所に生まれたのだろうが、ヘルメス・トリスメギストスがひとつにまとめたものだった。ヘルメス・トリスメギストスは、エジプトのトート神とギリシア神ヘルメスを足し合わせた神秘的な魔法使いだ。トリスメギストスによる文献には、天文学と錬金術の情報や、さまざまな神秘的儀式や信仰が書かれていた。

　4世紀にローマ帝国が崩壊するとこの資料の多くは失われるか忘れられた。中世において手稿の写本を行なったのはおもにカトリック教会であり、修道士たちは、キリスト教の教えに大きくはずれる内容の手稿はすすんで写そうとはしなかった。しかし、14世紀初頭とその後のルネサンス期に、ヘルメス文書は西ヨーロッパで再発見されたのである。

異教徒の予言者

ヘルメス・トリスメギストスは異教の社会にそのルーツをもつが、聖トマス・アクィナス、聖アウグスティヌス、ラルフ・ワルド・エマーソンなど後世のキリスト教徒の著述家たちの多くは、ヘルメスの著述（ともかく、ヘルメスのものとされている著述）がキリスト教の誕生を予言するものだと信じていた。

ヘルメス思想

ヘルメス文書を基盤に生まれたヘルメス思想は、西洋の秘教的思想の伝統をつくっている。ヘルメス思想は知の集合とも言える秘教を土台とし、その秘教とは魔術的な性格が際立ち社会から長く隠されてきながらも、つねに次の世代へと受け継がれてきた。

ヘルメス・トリスメギストスによる文書は、科学が魔術と一線を画しはじめた重要な時期にヨーロッパに現われた。17世紀には科学の革命の時代がはじまり、アイザック・ニュートンをはじめとする人々がヘルメス文書を研究し、そこから知識を吸収した。

本来、ヘルメス思想とは3つの魔術について論じるものだ。

1　占星術　魔法使いは天空の星の動きを読み、人々の生活におよぼす影響を解釈する。ヘルメスは占星術について詳細に記述し、その重要性を強調した。

2　錬金術　化学の研究であり、卑金属を黄金に変えようとする試みだが、実際に物質を変化させる場合もあれば、象徴的な意味でこの言葉を用いる場合もある。ヘルメスの書では錬金術を、万物に内在する霊と、生死とのかかわりに関する研究だとしている。

3　テウルギア（神働術）神によって魔法のエネルギーを得るものであり、ヘルメスは神からじかに賜るものだと信じた。悪魔から力を得る、悪の魔術ゴエティアに対する術だ。

ルネサンス期の思想家たちは、こうした概念を熱心に研究した。なかにはこれらを、ユダヤ教のカバラなどほかの神秘主義と組み合わせようとする者もいた。ヘルメス思想は17世紀から18世紀のあいだに下火になったが、19世紀になってふたたび取り上げられるようになり、多くの著名人がこれを研究した。そしてヘルメス思想は「黄金の夜明け団」、「薔薇十

字団」、「神智学協会」といった神秘主義団体の基盤となった。

こうしたさまざまな研究や発展において、半神半人の魔法使いであるヘルメス・トリスメギストスはつねにその中心にある。ヘルメス文書は現在も、西ヨーロッパにおける魔術の伝統において大きな存在である。

中世初期の魔法使い

西ヨーロッパの魔法使いにとっては最大の脅威となるものが紀元312年にはじまった。コンスタンティヌスが、ローマ郊外のミルウィウス橋の戦いで勝利したのだ。コンスタンティヌスはローマ帝国皇帝候補のひとりであり、彼は、戦いの前に空に十字架が現われるのを見ていたため自分の勝利を確信していた。結果として、コンスタンティヌスはキリスト教への改宗に舵を切って政治的にも文化的にもこれを進め、その後100年で、

ピーテル・ブリューゲル（父）『錬金術師』の版画（1558年、紙、版画制作フィリップ・ハレ）

PART 2　　　　　　　　　長い歴史をもつ偉大な魔法使い

それまでは信者もわずかで世に知られていなかったキリスト教が帝国中に広まるのだ。

　キリスト教徒たちは神がもたらす奇跡を信じた。これに対し、魔法使いが行なう魔術は悪魔の力によるものであり、否定するだけでなく、一掃すべきだと考えたのである。

テュアナのアポロニウス

　コンスタンティヌスの勝利以前にも、西欧社会の魔法使いは、政治家からかなり疑念の目を向けられていた。イエス・キリストと同時代の人物である、小アジアのテュアナ出身のアポロニウスもそうした魔法使いのひとりだ。ギリシアの著述家フィロストラトスが『テュアナのアポロニウス伝』を著している。

　アポロニウスはまずギリシア哲学を学ぶことからはじめ、その知を学びつくすと、多くの魔法使いと同様、東方へと旅した。魔術学の中心であるエジプト、ペルシャ、インドを訪れ、そこでヨーガの浮揚術を身に着け、さまざまな奥義や秘儀に接した（もちろん、彼がヘルメス文書に親しんだこともありうる）。

シモン・マグス

　4世紀頃にはコンスタンティヌス帝がキリスト教を合法としており、すでに魔法使いとキリスト教信者の対立という構図もできあがっていた。そうした時代に有名となったのが、シモン・マグス（つまり、魔術師シモン）の異名をもつサマリアのシモンだった。

　イエスの死後、その弟子たちは散らばり、イエスこそが人類の救世主キリストであるとの言説を広めはじめた。そうしたなかで、シモンは聖ペテロの説教にいたく心を打たれてキリスト教に改宗した。ところがシモンは、聖霊を授ける力を自分にも与えてくれるようにとペテロに頼む。それも、対価を払うというのだ。ペテロは憤然とそれを断り、シモ

アポロニウスとイスラム

フィロストラトスの『アポロニウス伝』によってアポロニウスの名声は高まり、イスラム教創始後の8世紀から9世紀にかけては、アポロニウスは地中海東部と西ヨーロッパでも非常に有名になっていた。イスラム教徒の著述家たちはアポロニウスをバリナスまたはアブルスと呼んで錬金術と占星術の達人とみなし、アポロニウスについて次のような書物を著した。

◆ 『創世の秘密の書』
◆ 『霊的存在が万物におよぼす力についての論述』
◆ 『護符大全』
◆ 『賢者アブルスの書』

ギリシアに戻ると、アポロニウスは予言者として名声を得た。そして旅を続けて古代のトロイアへと赴き、そこで万能のアキレスの霊と会話した。霊との会話をはじめとする行ないは治世者たちの注意を引くことになり、彼らは、その力を悪霊から得ていることを懸念してアポロニウスを捕らえた。裁判の結果は不明ではあるが、アポロニウスは堂々と抗弁し、その姿勢は皇帝の前でも変わらなかったようだ。

PART 2 長い歴史をもつ偉大な魔法使い

シモン・マグスの死

ン（Simon）の名は中世において、聖職を金で売買することを意味する「simony」という言葉になった。

　シモンとペテロの話は『使徒行伝』に登場する。しかし新約聖書の外典である『ペテロ行伝』には、これとは異なる話もある。たとえば、シモンは魔術を使って死者を動かすことができた。だがペテロは、神の名のもとに死者を生き返らせる。またシモンは魔術で自らを浮揚させたが、ペテロはそれを地面に降ろす。どちらの場合も、魔法使いが使う世俗の魔術に神の力が勝ることを示すものだった。

　魔法使いと魔術の存在は、初期キリスト教徒にとっては厄介なものでしかなかった。つまり、幼子イエスのもとを訪れたのは東方の三賢人（マギ）だ。またイエスは成長すると、まるで魔術のような奇跡を行なった。実際に異教の社会では、イエスは青年時代にエジプトを訪れて、エジプトの魔法使いからその技術を学んだと信じられていた。またイエスはインドに旅して、そこで賢者に教えを請うたとも言われている。

　このためキリスト教徒は、シモン・マグスが見せる類の魔術と、イエスが行なった神の名のもとの奇跡——これによってイエスに対する信仰心は

魔法使いと魔女

　中世においては、異教徒や政敵と戦う場合に、魔法や魔術の告発は教会にとって使い勝手のよい武器となった。百年戦争ではジャンヌ・ダルクがイングランド軍に捕らえられたが、その罪状のなかでも大きかったのが魔術を使ったことだった。教会はまた、ムハンマドとその信者であるイスラム教徒に対しても、魔術を使った罪を被せた。

PART 2 　　　　　　　　　　　　長い歴史をもつ偉大な魔法使い

篤くなった——とを明確に区別した。彼らが言うには、シモンの力は邪悪なものから生まれているが、イエスは「神の子」であるが故に奇跡を行なえたのだ。さらに、キリスト教徒が一大勢力となった地では、魔女や魔法使いの告発がさかんに行なわれた。

中世盛期の魔法使い

12世紀頃、ヨーロッパは大きく伸びをして身震いし、それ以前の500年におよぶ知的、経済的停滞を振り払ったかのように見えた。1100年頃から1250年にかけては、パリ、ボローニャ、オックスフォード、ケンブリッジ、パドヴァなどにすばらしい大学が創設された。つまり職業人としての博士や学者の集団が存在したということであり、彼らは錬金術、占星術その他の魔術の研究にいそしんだ。それは、とくに癒やしの呪文といった、ごく一般に使われる呪文が記録されることでもあった。

さらにとくに都市部で人口が増加すると、食料の供給増が必要とされた。このため魔法使いは、穀物の豊作をもたらし、病害や災害が不作を招かないようにする呪文を追究したのである。

聖遺物

中世盛期（1001～1300年頃）においてとりわけ重要視されていたと思われるのが聖遺物だ。これは聖人と強いむすびつきがあるために不思議な力を有している物のことだ。中世に聖遺物とされたのは、聖人の遺骨や遺髪、着ていた衣服の端切れといったものが多かった。人々がヨーロッパ大陸を広く行き来するようになると、こうした力をもつ品々の活発な取引きが生まれた。そしてキリスト教徒の騎士たちが——イスラム教徒からエルサレムを奪回し、キリスト教徒による支配を回復すべく——聖地へと向かった十字軍の遠征は、この取引きにさらに拍車をかけた。十字軍の騎士たちはさかんに聖遺物を探し、軍の荷と一緒にそれをもち帰ったのだ。

108

第 5 章　　　　　　　　　　　　　　　西洋の魔法使い

聖遺物を収めるにふさわしいもの

霊的な力をもつという価値にくわえ、聖遺物は金銭的な価値も高いため、所有者はそれをしまっておくために手の込んだ聖遺物箱を作ることも多かった。聖遺物の重要性が高いほど、それを収める遺物箱は豪勢で高価なものになった。

　古代（紀元前5〜4世紀）においても名高い英雄たちの遺物が崇められてはいたが、そうした遺物が特殊な魔力をもつとはあまり考えられていなかった。吟遊詩人オルペウスの首はレスボス島に運ばれ神託に使われたと言われているが、人々はこの首に傷を癒やす力を求めていたわけではなかった。

　しかし中世になるとこうした状況が一変した。キリスト教聖人の遺物はとても高価だった。それはキリスト教において重要性が高かっただけではなく、魔法を行なうからでもあった。中世の文学作品には、病気を患った人や瀕死の状態にある人々が聖遺物に触れ、奇跡的に回復したという記述があふれている。

　聖遺物は競争心や盗難、それに小規模な戦争をもたらすものでもあった。大聖堂は競って、より大きくより心を打つ聖遺物を手に入れようとした。当然、最高の魔力をもつとされ、もっとも価値のある遺物は、キリストその人がじかに身に着けていたものだった。13世紀にヨーロッパを巡礼した人々は、イエスが磔刑に処されたときの「聖十字架」の破片をいくつもいくつも目にすることになったはずだ。さらには茨の冠の断片や、ベツレヘムで赤ん坊のキリストを入れた飼い葉桶の断片、それに十字架上の瀕死のキリストの脇腹を突いた、ローマ兵の槍の穂先を目にして驚くこと

109

もあっただろう。

14世紀にはイギリスの作家ジェフリー・チョーサーが、巡礼者たちが語る形式の物語集を書いた。巡礼者たちは、イギリスの聖人のなかでもとくに名高い聖トマス・ベケットの廟に詣でるために、カンタベリー大聖堂を目指しているのだ。チョーサーがはっきりと書いているように、巡礼は、聖人（「病んでいる人々を助けた人」）の遺物がもつ癒やしの力の恩恵にあずかるためのものだ。この物語集は『カンタベリー物語』と題され、英文学における最高傑作となった。

魔法使いが使う遺物

中世における聖遺物の大半は事実上キリスト教徒のものだったが、そうした遺物を身に着ける伝統は魔法使いの魔術と密にかかわっていた。魔法使いも遺物を所有し、呪文を唱えるさいにそれを使ったからだ。

魔法使いがよく使った遺物といえば、人の頭蓋骨だった。頭蓋骨や骸骨のある実験室にこもる魔法使いの図はよく目にするはずだ。中世後期やル

現代の魔法で用いる遺物

魔法の遺物は、現代の魔法使いの物語でも重要な役割をもっている。たとえば、ハリー・ポッターの杖の芯には不死鳥の尾羽根が使われている。不死鳥は命がつきるときに炎となって燃え上がり、その灰のなかから再生する魔法の鳥だ。ハリー・ドレスデンはさまざまな魔法道具をもつが、そのなかにボブという名のしゃべる頭蓋骨があり、ボブは魔力に関する問題についてときおりドレスデンに助言する。

第 5 章　　　　　　　　　　　西洋の魔法使い

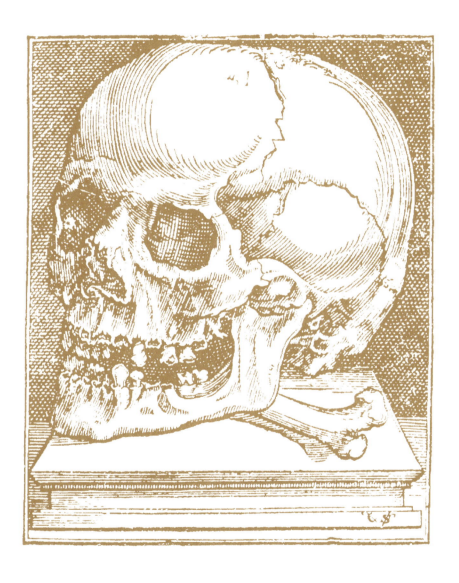

ネサンス初期には中東から西ヨーロッパへと医学書が流入したこともあり、解剖学が大きく発展した。その結果医師たちは、人体の機能における頭蓋骨と脳の重要性を深く理解するようになったのである。

ルネサンス期の魔法使い

14世紀にはじまった芸術、学問、文化の復興は16世紀後半まで続いた。中世後期の知識を礎に発展したルネサンスがもたらしたものは数多いが、とりわけ、魔法にまつわるものでは魅力に満ちた文化を生んだ。たとえばこの時代には、魔術書（「グリモワール」とも呼ばれる）が多数登場した。なかでも、14世紀から15世紀のある時期に書かれた『ソロモ

呪文で精霊を召喚する

『ソロモンの鍵』には精霊を召喚する呪文が書かれている。その呪文はこうはじまる。

「おお汝、精霊よ、我は呼び起こさん。神の霊の力と知恵、徳により。また非創造神の知識、神のあふれんばかりの慈愛、神の力、偉大なる神、単一の神により。そして神の聖なる御名エーヘイエー。それはあらゆる神々の御名の根幹であり源であり、それはすべての命と徳とを導く。そしてアダムはその御名を唱え、神が創造されたすべての物の知識を得た。その至高の名にかけて、我は汝らを召喚する」

この他の章では、ペンタグラムの描き方とその他の魔法道具の作り方が詳細に書かれている。

第 5 章　　　　　　　　　　　　　　　西洋の魔法使い

ジョン・ウィリアム・ウォーターハウス『魔法円』

魔法使いが焚くインセンス

『レメゲトン』には、魔法使いが水晶占いのときに用いるインセンス（香）の調合についても書かれている。水晶占いとは、水晶玉などをのぞいて、ふつうの人には見えないものを見ることだ。インセンスの材料にするのは、コショウソウ、ナツメグ、沈香、サフラン、シナモン、ギンバイカ、マスチック樹だ。これら7種の植物は、当時知られていた7つの惑星の力とむすびつくものだった。

ンの鍵（Clavicula Salomonis）』と、16世紀後半に書かれた『レメゲトン（Lemegeton）』（『ソロモンの小さな鍵』としても知られる）は重要な書だ。

『ソロモンの鍵』

『ソロモンの鍵』の作者は不明だが、タイトルからわかるように、強力な魔法使いだと信じられていたソロモン王が書いたとする説もある。魔術を行なう者は沐浴の儀式を済ませて祈禱し、さらに3日間断食して祈禱すれば呪文は効果を発する。

魔術師は魔法円を描き、さまざまな精霊や天使にふさわしい祈禱文を読み上げる。万物の構成要素を呼び出すための呪文もある。呪文を正しく唱えれば精霊が現われ、その精霊を魔術師は意のままに操るのだ。最後に、仕事が終われば、召喚した精霊たちを元に戻さなければならない。

『レメゲトン』

　この書は5部に分かれている。「ゴエティア」と呼ばれる第1部では黒魔術を取り上げ、悪魔やその他、闇の存在を召喚する方法や、魔法使いが別世界の霊と交信することの意味や仕組みについて説明する。この書には72の悪魔が挙げられており、この数はカバラの72神に関連している。第2部には善悪双方の霊が挙げられており、その地位、性格や姿、召喚の方法について書かれている。精霊は、人を恋に陥らせたりどこからともなく音楽を奏でたり、さまざまなことができる。

　第3部は「アルス・パウリナ」と呼ばれ、昼と夜、24時間を支配する天使たちと、当時知られていた7つの惑星を支配する天使たちについて書かれている。

　第4部「アルス・アルマデル」では、天の4方向の大精霊と、その力、特性、そして精霊たちとの接触方法が解説されている。また、さまざまな図やシンボルを描いた蠟のタブレットを使って召喚する方法も教える。第5部にはソロモン王が神殿で唱えていた祈禱文や呪文が書かれており、これらは大天使ミカエルが授けたものだと言われている。

ジョン・ディー

　ルネサンス期においてもっとも有名な魔術師がジョン・ディーであったことはまちがいない。エリザベス女王の宮廷で重用されていたことでディーは高い名声を得、教会による攻撃からも守られていた。

　ディーは1527年に生まれ、ヘンリー8世が創設して間もないケンブリッジ大学トリニティ・カレッジに入学した。そこで彼は数学と、より実践的な学問である工学に大きな才能を発揮した。

PART 2　　　　　長い歴史をもつ偉大な魔法使い

飛ぶフンコロガシ

ケンブリッジ大学で学んでいた当時、ディーは古代ギリシアの喜劇作家アリストファネスの劇、『平和』を上演した。この劇中では、主人公が天空にあるゼウス神の宮殿に行こうとする。そしていくつか空を飛ぶための手段を試し、ついに飛ぶ生き物を使うことにする。ディーは巨大なフンコロガシを作り、滑車とワイヤーをたくみに使って実際にフンコロガシを床からもち上げて、ホールを「飛んで」いるように見せた。上演後にディーはフンコロガシを飛ばせたからくりを明かしたものの、黒魔術を使って飛ばせたのに違いないとささやく声も聞かれた。ディーが魔法使いだという評判はここからはじまったのだ。

ファウスト

　エリザベス朝の文学に登場する魔法使いのなかで、ファウストほどその名を知られた者はいなかった。これは、シェイクスピアと同時代の劇作家クリストファー・マーロウ（1564 〜 1593 年）による戯曲『フォースタス博士』によるところがかなり大きい。

　マーロウはじめ、ファウストについて書いた作家たちが実在の人物をもとにしている可能性は高いし、実際にそれはありうることだ。1507 年にはある手紙に、「ファウスト・ジュニア」とされるゲオリク・サベリクスという名の人物のことが書かれている。この書簡は修道院長ヨハンネス・トリテミウスによるもので、ファウストはドイツの諸王国の町から町へと

第 5 章　　　　　　　　　　　　西洋の魔法使い

PART 2　　　　　　　長い歴史をもつ偉大な魔法使い

渡り歩き、自らを「死霊術師の知識の源泉であり、占星術師であり、第二のマグス」だと言ったという。学者たちの見解では、世界に初めて登場したマグスはシモン・マグスだった（本章でも取り上げた）。ファウストは死者を蘇らせることができ、古代の哲学者たちの幅広い知識と、また錬金術についての膨大な知識を有すると主張した。このファウストという人物についての記述はその後数十年にわたって見られるのだが、それはドイツ語を話す国々で大きな動乱が起こった時期と一致し、1517年にはマルティン・ルターがヴィッテンベルクで宗教改革をはじめている。ルターがファウストのことを知っていたのは明らかで、悪魔から力を得た人物だとして1、2度言及している。ルターはファウストを「シュヴァルツキュンストラー Schwartzkünstler」つまりは「黒魔術を行なう者」と呼んだ。

　時代が下るにつれ、ファウストの物語はしだいに複雑なものとなっていった。エアフルト大学の講義では、ファウストはヘクトル、アガメムノン、オデュッセウス、キュクロープス（巨人）のポリフェムスなど、歴史上、あるいは神話に出てくるさまざまな人の霊を召喚したと解説されている。ザカリアス・ホーゲルの『年代記（Chronicle）』では、ファウストがホーゲルに、悪魔に魂を売ったと告白したと書かれている。またファウストがヴュルテンベルクで亡くなったときには、その家全体が揺れたという。ファウストの伝説はさまざまな形で刊行され、マーロウは英語に翻訳されたものを入手し、それをベースに戯曲を書いた。

　マーロウの死後、1604年に出版された『フォースタス博士』（正式な題名は『フォースタス博士の悲劇』）中のフォースタスは、観客の共感を呼ぶ人物だ。フォースタスは劇の冒頭で観客に対し、自分はすべてを学びつくしており、新たな世界に挑みたいのだと語る。このため彼はふたりの魔法使い、ヴァルディースとコーニーリアスを呼び、その助言を受けて魔術を学ぶことにする。

　しかしその取り決めには、「魔術を習得するためにフォースタスは自らの魂を悪魔に捧げなければならない」という文言が含まれるのだ。フォー

スタスの前に大魔王ルシファーが現われ、フォースタスは以後24年間、魔術を行ない快楽を追求するという契約を交わした。この契約によって遣わされたのがルシファーの手先メフィストフェレスであり、メフィストフェレスはフォースタスの従僕となり、ルシファーとの連絡係を務める。

劇中では25年が経ち、メフィストフェレスがフォースタスを地獄へと伴う結末へと向かう。観客の目には、フォースタスが悪魔との取引きを後悔し、できることなら契約内容を変えたいと思っているように映る。しかし魔術を追求したフォースタスは未来永劫地獄に落ちたままとなる。それが、人間の野望とプライドがもたらす結果だ。

ゲーテの『ファウスト』

19世紀に、ドイツの高名な詩人ヨハン・ヴォルフガング・フォン・ゲーテ（1749〜1832年）がファウストの物語を戯曲に仕立て、この作品はドイツ文学の最高傑作となった。ゲーテの『ファウスト』はマーロウの作品

PART 2　　　　　　　　　長い歴史をもつ偉大な魔法使い

適当なことを言ってるわけじゃない。
先生たちには魔法使いのすごい力があるし、
あいつらは秘術を全部知ってると言ってるんだ。
いりもしない秘術のことを言ってるわけじゃないんだよ。

——ブライアーの言葉　タモラ・ピアス『ストリート・マジック』より

とはいくつか大きな違いがある。第1部（聖書のヨブ記と酷似した部分がある）では、神のお気に入りの人間ファウストを誘惑し人の道を踏みはずさせることができるかどうか、メフィストフェレスと神が賭けをする。そしてファウストは悪魔と取引きし、地上ではメフィストフェレスがファウストに、地獄ではファウストがメフィストフェレスに仕えることになる。

ファウストはまず美しい乙女マルガレーテと恋をするが、この恋はマルガレーテの死で終わる。彼女は未婚のままファウストの子を産むものの、その子を溺死させた罪で死を宣告され、ファウストは彼女の命を救おうとしたが叶わないのだ。

第2部ではファウストが魔術を使い、トロイアのヘレネをはじめとする有名な人々に会う。そして老いたファウストは皇帝のお気に入りとなって

いる。最終的には自らの罪を贖うことができ、メフィストフェレスとの賭けは無効となってファウストは天国へ行くという結末だ。

ファウスト的契約

「ファウスト」や「ファウスト的」という言葉は、成功やすばらしいものを手に入れるために倫理に欠ける契約をしたり、妥協したりすることを意味するようになった。さまざまなファウスト伝説──小説や戯曲以外にもバレエ、オペラ、詩などさまざまな形態のものがある──のすべてに共通するテーマは、人知を超えた知識を手に入れようとして悪魔と取引きしてしまう人間の欲だ。その知識とは、言い換えれば、魔術の知識なのだ。

魔術がもたらす悲劇

これは魔法使いに関する文学作品の多くに見られるテーマでもある。魔術を得るためにあまりに長く厳しい修行を経たために、魔法使いが人間らしさを失う場合も多い。C・S・ルイスの『魔術師のおい』では、魔術師のアンドルー・ケタリーが「わしらのような人間の運命は、高くして孤独」と言う。失うものは感情であったり、身体的なものであったり、その双方であったりする（たとえば、『ドラゴンランス戦記』に登場する魔術師レイストリン・マジェーレは魔術師試験の「大審問」に合格するが、健康を害し、人間嫌いになっている）。悲しいことに、孤独な運命が魔法使いを仲間である人間から孤立させ、それにプライドも相まって、堕落や不徳へと向かわせることもある。ファウストは、魔術の習得の代償が人間にとってあまりに過酷な結果をもたらすという、その最たる例なのだ。

「マグス」のウェルギリウス

ルネサンス期の学者は、古典古代の偉大な作品にインスピレーションを求めた。そして新プラトン主義を標榜する哲学者たちが登場し、古代ギリシアの哲学者たちの作品の再解釈を行なったのである。

また、ウェルギリウスがローマの建国について書いた壮大な叙事詩『アエネーイス』など、古典文学の再発見も行なわれた。15世紀のヨーロッパの人々はこのローマ最高の詩人に関するあらゆる伝説も掘り起こし、あるいは作り出した。ウェルギリウスはただの詩人ではなくマグスだった、というのもそうだ。

ウェルギリウス（紀元前70〜19年）は、事実上、ローマ帝国初代皇帝アウグストゥス・カエサルの宮廷詩人とも言える立場にあったようだ。その作品のなかでももっとも重要とされる『アエネーイス』は、ローマ人の祖であるトロイアの王子アエネアースの物語だ。ウェルギリウスの人気は亡くなった当時も大きかったが、中世においてもそれは変わらなかった。神学者のなかには、ウェルギリウスの詩の一部はキリスト教出現を予言していると論ずる者もおり、ウェルギリウスは予言者とみなされるようになった。ここから発展して、ウェルギリウスがマグスであり、将来を予言するだけでなく魔術を行なうこともできた、という説になるのに時間はかからなかった。

ウェルギリウスの父親は騎士だったとする作品もあれば、魔術師でもあったという話もある。ウェルギリウスは魔術を、ビンの中に捕らえられていた精霊から学んだという。精霊は、ビンから出してくれるなら魔術を教えてやるぞ、とウェルギリウスに言った。あれこれと話し合ったすえ、精霊はウェルギリウスにさまざまな呪文を教え、ウェルギリウスは精霊をビンから解放した。だが自由になった精霊はとても恐ろしく、知恵を働かせたウェルギリウスは、どうしたらこんな巨体がこんなに小さなビンに入

第 5 章　　　　　　　　　　　　　　　　　　西 洋 の 魔 法 使 い

ウェルギリウスを取り上げた現代作家

著名なファンタジー作家であるアヴラム・デイヴィッドスン（1923
〜 1993 年）は、ウェルギリウスが魔術師であるという話にいたく
興味をそそられ、このローマ人についての小説を数作著した。自
身が『ウェルギリウス・マグス』と呼ぶシリーズは以下のとおり。

◆ 『不死鳥と鏡（The Phoenix and the Mirror）』
◆ 『アヴェルノのウェルギリウス（Vergil in Averno）』
◆ 『緋色の無花果（The Scarlet Fig）』

デイヴィッドスンはウェルギリウスをテーマにした短編小説も 4 編書
いている。

◆「もうひとりのマグス（The Other Magus）」（『エッジズ（Edges）』
収録、1980 年）
◆「ウェルギリウスと籠の鳥（Vergil and the Caged Bird」（『アメー
ジング・ストーリー』誌、1987 年 1 月号）
◆ 「ウェルギリウスとデュコス　ここに囚われし者は命を失う また
は王の模倣者たち（Vergil and the Dukos: Hic Inclusus Vitam
Perdit, or The Imitations of the King）」（『アシモフズ・サイエン
ス・フィクション』誌、1997 年 9 月号）
◆ 「魔術師ウェルギリウス　国をもたない王（Vergil Magus:
King Without Country）」（マイケル・スワンウィックとの共作、『ア
シモフズ・サイエンス・フィクション』誌、1998 年 7 月号）

るのだろう、と言う。すると精霊はビンの口からなかに戻ってみせ、少年ウェルギリウスは素早くコルクでフタをして、精霊をふたたびビンに閉じ込めたのだ。

あるとき皇帝が詩人ウェルギリウスに、ローマの物騒な状況を改善せよと命じた。ウェルギリウスが全住民に対して外出禁止令を出すと、正直者だけがこれに従った。そこで魔術師でもあるウェルギリウスが銅の馬と銅の騎士を街に出現させると、禁止令に従わずに通りに出ている人々を、この馬と騎士が蹴散らし殺してしまった。次に泥棒や人殺したちが魔法の馬を壊しにかかると、ウェルギリウスはさらに銅の犬２頭を放ち、生き残っていたならず者たちをかみ殺させたのだった。

そして魔術師ウェルギリウスは美しい少女に恋をする。スルタンの娘だ。ウェルギリウスはその少女をローマへと伴うものの、少女は父を恋しがった。ウェルギリウスは彼女を帰したが、しばらくすると、彼女はウェルギリウスのもとに戻ると言った。ローマの街は殺風景で風情がないと思ったウェルギリウスは、恋人のために新たにナポリの街を作り出したのだった。

ウェルギリウスの街

魔術師ウェルギリウスが愛しい花嫁のためにナポリの街を作ったという伝説は、この詩人がナポリで学び、ここにしばらく住んでいたという事実からきているのかもしれない。

第 5 章　　　　　　　　　　　　　　　　　　　　西洋の魔法使い

カリオストロ伯爵

　ルネサンス期のあとには「啓蒙時代」が続き、18 世紀の大半がこの時代にあたる。合理主義と科学が礼賛され、魔術や宗教に対する嫌悪が育った時代だ。このため当然ながら、この時代には西ヨーロッパで魔術師の地位が低下することになる。とはいえ、魔術師がすべて姿を消したわけでもなかった。たとえばドイツ人医師のフランツ・メスメル（「メスメリズム」動物磁気療法はこの人物に由来する）はこの時代に心霊治療とも言えるものを行ない、多くの信奉者を惹きつけた。

　啓蒙期においてもっとも有名な魔術師と言えばカリオストロ伯爵であり、幻視者やアデプト（魔術の達人）、山師などさまざまに言われた人物だった。1743 年にイタリアのパレルモで生まれたジュセッペ・バルサーモは、若い頃にさまざまな違法行為に手を染めて人々から金をだまし取った。正体がばれるとバルサーモは海外に逃亡し、彼がのちに語ったところによると、東洋の神秘学を研究し、錬金術と占星術を学んだ。その後カリオストロを名乗るようになり、ヨーロッパ中を渡り歩いて魔術で金を稼いだ。カリオストロは 1785 年に、短期ではあるが詐欺罪でバスティーユに投獄され、放免されている。1791 年にはローマの異端審問所に捕らえられ、ローマとモンテフェルトロで投獄生活を送り人生を終えた。

　伝説化したカリオストロの行状は多数の芸術作品に取り上げられた。モーツァルトの『魔笛』（フリーメーソンの思想が大きなテーマのオペラ）ではザラストロとして登場し、1875 年にはヨハン・シュトラウス 2 世が『ウィーンのカリオストロ』と題したオペレッタを書いた。カリオストロはまた、2001 年のアメリカ映画『マリー・アントワネットの首飾り』にも登場した（クリストファー・ウォーケンがカリオストロを演じた）。これは、1780 年代の、フランス王室の名を貶めた首飾り事件を題材にした映画だ。

19世紀の魔法

　ヴィクトリア女王の時代の魔法使いや魔術師たちが参考にしたのは、膨大な内容を誇る、信頼のおける魔術書だった。勤勉なフランス人学者エリファス・レヴィ——アルフォンス・ルイ・コンスタンのペンネーム——（1810〜1875年）が編纂したものだ。レヴィは、ヨーロッパで何世紀にもわたり行なわれてきたさまざまな魔術の系統を研究し、体系化して、儀式を行なう魔術師がそれを利用できるようにした。その結果パリは、神秘的な術を学ぼうとする魔術師にとって、重要な聖地となったのである。

　同じく19世紀には、ヘルメス文書などに書かれた魔術を利用する、薔薇十字団、神智学協会、黄金の夜明け団といった神秘主義団体が登場した。こうした団体は、ルネサンス期やそのはるか以前の古代エジプト、あるいはユダヤ教のカバラ、東洋の神秘主義からその教義をとっている場合が多かった。神智学協会の設立者のひとり、ロシア人のヘレナ・ブラヴァツキー夫人は、ヘルメスの著作やレヴィの魔術書からインスピレーションを得たと主張したが、その思想は東洋の、とくにインドの神秘主義や「マハトマ」と呼ばれた賢者の教えを取り込んだものでもあった。事実、魔術師や、魔術や魔力を研究する人々の多くは19世紀から20世紀にかけて、その目を東洋に向けはじめていたのである。

　第6章では、アジアの魔法使いを見ていこう。

第6章

東洋の魔法使い

まほうの力をしんじない人には、
ぜったいに見つけられっこない世界だよ。

——ロアルド・ダール『ふしぎの森のミンピン』
（おぐらあゆみ訳）より

PART 2　　　　　　　　　長い歴史をもつ偉大な魔法使い

マーリンをはじめとする西ヨーロッパの偉大な魔法使いはよく知られているが、悠久の歴史をもつアジアや中東の地の魔法使いや魔術師についてくわしい人はあまり多くはないだろう。西洋ではキリスト教が魔術や魔法の使用を強く非難したのと同じく、イスラム教も、アラーを信仰する国々で魔術を行なうことを禁止した。とはいえ、それをすり抜け魔術や魔法を行なう者は多数いた。

しかし、東洋の魔術や魔法の伝説は西洋のものとはかなり異なるようだ。確かに東洋には、長くゆったりとしたローブをまとって杖を振り、呪文を唱える魔法使いや魔女はいない。東洋の魔術の伝承に出てくるのは、多くはこっけいで、気まぐれな人物だ。中国の孫悟空の物語に登場するのもこうしたキャラクターだ。

孫悟空

孫悟空は、中国の民話から生まれたとされる壮大な物語の主要な登場人物だ。16世紀、中国の明の時代に呉承恩が完成させたと言われる『西遊記』の核をなすのが孫悟空の話だ。

孫悟空は岩から生まれた。彼は不老不死を望み、仙人から72の仙術を学んだ。また觔斗雲という雲に乗って飛ぶこともできる。

尊大で、不死身になりたいという野望を抱く孫悟空は、天と地を治める天帝に戦いを挑む。ふたりは地が揺れるほどの戦いを繰り広げたが打つ手もなくなり、ついに天帝は釈迦に助けを求め、釈迦は孫悟空を山に閉じ込め身動きできなくしてしまう。その500年後、孫悟空は釈迦の弟子数人に助けられ、彼らとともに仏教の経典を中国にもち帰るため、西方の天竺を目指す。その道中、一行には多くの危険や困難が降りかかり、孫悟空とその術に助けられるのだ。一行は旅を終えて経典をもち帰り、そして孫悟空らは旅のなかで互いのこと、人の世のことについて多くを学び成長した

第 6 章　　　　　　　　　　　　　　東洋の魔法使い

のである。

　確かに、孫悟空は西洋の伝統的なマーリンタイプの魔法使いではない。彼が使う術の多くは手品やイリュージョンと言えるようなものだ。それでも、孫悟空はほんものの魔力を備えることから、魔法使いの伝統に連なると言える。

コミックのなかの孫悟空

　『アイアンマン2.0』（2011年7月）に、マーベル社はモンキーキング（孫悟空）を登場させた。伝説の孫悟空をモデルにしているが、このモンキーキングは犯罪王だ。このほか、本来の孫悟空の話を現代に置き換えたバージョンもいくつか読める。

ロシアの魔法使い

　ロシアやスラブ諸国の伝説にはよく魔法使いが登場する。ここでは呪文を唱える魔法使いでなじみの深いものを挙げる。とはいえ、西洋の魔法使いとは本質的な違いがある。

コシチェイ

　不死身のコシチェイは強力な魔術の使い手であり半神半人だ。伝説によると、コシチェイは「27の国の先の、はるか遠くの30番目の国」に住むという。そして女性たちに囲まれ、ひとりでに音が鳴るハープでもてなされている。不死身のコシチェイは魂を卵のなかに隠している。魂をしっかりと守るため、卵はアヒルのなかに、そのアヒルはウサギのなかに、そし

第 6 章　　　　　　　　　　　　　　　　　　　東洋の魔法使い

てウサギは鉄の箱のなかに入れ、その鉄の箱は樫の木の下に埋め、その木はブヤンの島にある。

　ロシア民話『不死身のコシチェイの死』では、マリヤ・モレーヴナという美しい女戦士と結婚する若者の話が語られる。マリヤは夫である若者に、ふたりの家のある部屋を開けてはならないと言い残して戦場に向かう。当然、若者はすぐにその部屋を開けるが、そこには縛られ弱ったコシチェイがいた。若者がコシチェイに水をやると、魔法使いコシチェイは元気を取り戻し、そこから逃げてマリヤを捕らえる。

　若者はコシチェイを追いかけて戦うが、コシチェイの力はあまりに強く、若者は殺され、その遺体を入れた樽は海に投げ込まれる。幸いにもマリヤの義兄たちは強力な魔法使いであり、若者を魔力で生き返らせる。不死身のコシチェイを殺す方法を見つけるために、若者は魔女のバーバ・ヤガーの小屋まで旅をしなければならない。さまざまな試練を乗り越え、若

イヴァン・ヤコヴレヴィッチ・ビリービン（1876～1942年）『不死身のコシチェイ』
（ロシア民話『マリヤ・モレーヴナ』の挿絵より）

PART 2 　　　　　　　　長い歴史をもつ偉大な魔法使い

イヴァン・ヤコヴレヴィッチ・ビリービン『バーバ・ヤガー』(ロシア民話『うるわしのワシリーサ』より)

第 6 章　　　　　　　　　　　　　　　　　　東 洋 の 魔 法 使 い

者は魔法の馬を手に入れてそれでコシチェイを追う。そして最後の戦いで
コシチェイを倒した若者は、コシチェイの体を焼いてしまうのだ。

　コシチェイの魔術は死にかかわるものがほとんどだ。コシチェイは女性
をさらって、その夫に身代金を要求することがよくある。ところがあると
き死の女神をさらってしまい、これがコシチェイに悪い結果をもたらす。
女神はコシチェイから魂の隠し場所を聞き出したからだ──つまりはその
女神から、マリヤの夫である屈強な若者にその情報がもたらされたのであ
る。

バーバ・ヤガー

　ロシアで有名な魔法使い／魔女と言えば、コシチェイの民話にも登場す
るバーバ・ヤガーだ。バーバ・ヤガーは、木々がからみあって人を近づけ
ない、深い森に建つ小屋にひとりで暮らす。その小屋はなんとも奇妙なの
だが、2 羽の巨大なニワトリの脚の上に建ち、バーバ・ヤガーが命じれば
動く。

　バーバ・ヤガーは背が高くやせていて、鉄の歯と骨ばった腕と脚をも
つ。魔法使いや魔女は箒や呪文で移動するのが定番だが、バーバ・ヤガー
は大きな臼にしゃがんで浮かぶ。

　バーバ・ヤガーの住む小屋がとても恐ろしいのは、ニワトリの脚のせい
ばかりではない。主のバーバ・ヤガーとは別に小屋自体が非常に邪悪で、
不注意な旅人をつぶそうとする。小屋は人骨でできた塀に囲まれ、塀の上
には小屋や女主人が殺した人間の頭蓋骨が乗っている、とする話もある。

　不気味なのは小屋だけではなく、赤い騎士、白い騎士、黒い騎士の３人
がバーバ・ヤガーに召使いとして仕えている。また小屋のなかでは、バー
バ・ヤガーは体のない数組の腕に仕事をさせる。

　バーバ・ヤガーは恐ろしくはあるのだが、彼女の魔力を頼ってやってく
る人々を受け入れ、助言する魔女としても知られている。

中国の魔法使い

中国文化は民話の宝庫であり、何千年も昔のものもある。当然ながら、魔術を行なう「術士」が登場する民話も多い。とくに人気があるのが千里眼と占いというシャーマニズム的伝統だ。中国の人々は、術士は神のしもべであり、神の命を伝えるために魔力を備えていると信じていた。術士は将来の予言のほか、悪魔祓いや政治的助言も行なった。

中国のシャーマン「巫(ふ)」

中国では魔術とシャーマニズムは長い年月をかけ複雑に発展している。中国のシャーマニズムの伝統が、元来はシベリア諸族のものだったシャーマニズムとは別のものだとする学者もいる。しかし、このふたつが多くの共通点をもつことは明らかなようだ。

第 6 章　　　　　　　　　　　　　　　　　　　　　　　　　　東洋の魔法使い

　シャーマニズムが危険を招いてしまうこともあった。張亮は、唐の時代
（618 〜 907 年）の政治家であり、唐の権力者たちの信頼篤い助言者だっ
た。しかし彼の取り巻きに程公穎と公孫常というふたりの術士がいた。ふ
たりは張亮が皇帝になる運命だと言うが、それは身の破滅につながる危険
な思想だった。この話は皇帝の耳に入り、皇帝はこの件の調査を命じた。
張亮の政敵たちはこの機に乗じて彼を陥れ、張亮は 646 年に術士のひと
りとともに処刑された。

心霊治療、雨乞い、夢占い

　中国のシャーマンは心霊治療も行なった。シャーマンを意味する「巫」
が治療の「醫」と組み合わされ「巫醫」という言葉が使われることもある。
巫醫には悪霊祓いも含まれた。術士が声を上げ、槍を振り回しながら通り
を走り、悪霊を追い払うのだ。それでも悪霊に取りつかれたままの人は町
の外に出され、村八分にされる。悪霊祓いを受けつけない強硬な悪霊に対
するみせしめなのだ。
　雨を降らせる力をもつ術士もいた。これは農耕社会には欠かせない能力
だ。術士は火の輪のなかで踊り、詠唱し、ときには聖なる物を火にくべ
る。術士の汗には雨乞いの力があると言われていた。

夢占い

　夢占いを行なう術士もいた。有名な話がある。ある術士が、悪霊が出て
くるという王の夢を占った。術士は、王が不当に殺害した趙家のふたりが
悪霊となって夢に現われている、そして王が「新しい小麦」を食べること
はないだろう、と解釈を述べた。つまりは、王はあまり間をおかずに死ぬ
ということだ。
　それから間もなく新しい小麦が穫れて、味見のために王のもとに運ばれ
てきた。術士の占いは当たらなかったではないかと、王は小麦を口にしよ
うとした。ところが突然便意をもよおし席をはずすと、王はけいれんして

息絶え、術士の言葉通りになったのである。

　宮廷内で重要な地位についた術士もいたようだが、そうした立場にあると、占いが当たらない、あるいは皇帝にとって不都合な未来を予言した場合には、術士の身に危険がおよぶことになりかねなかった。今もなお、中国はじめアジアの僻地では、地元のシャーマンや術士、あるいは呪術医が色鮮やかな衣服をまとい、鉦をにぎやかに鳴らして悪霊を追い払うという光景がごくふつうに見られる。

マンガの魔法使い

　現代の日本で人気が高いのがマンガだ。近年では、日本からアメリカやヨーロッパへと広がり、「アニメ」という言葉も一般的になった。英語に翻訳されているマンガ本も多数あるし、マンガから、人気の TV アニメも誕生している。また日本で翻訳出版されているアメリカの人気小説にも、マンガになっているものがある（たとえばジェイムズ・パターソン『ウィッチ＆ウィザード』シリーズは、アメリカで『The Manga』版が刊行されている）。

　もちろん日本のマンガがすべてそうだとは言えないが、魔術や魔法使いをテーマにしたマンガやアニメは多く、次のような作品がある。

◆『遊戯王』
◆『ハウルの動く城』
◆『ウィッチブレイド』
◆『風の谷のナウシカ』
◆『魔法騎士レイアース』
◆『魔法先生ネギま！』

　赤松健による『魔法先生ネギま！』は魔法使いマンガの代表作だ。この

第 6 章　　　　　　　　　　　　　　　　　　　東洋の魔法使い

マンガとアニメ

　「マンガ」と「アニメ」を同一視する人もいるが、このふたつは実際には異なるものだ。マンガは本に描かれたもので（マンガ本は日本中、どこに行ってもある）、アニメとは本来、動画のことだ。もっとも世界では、アニメは「日本の」TVアニメやアニメ映画を意味する言葉としても使われている。

作品の主人公ネギは、「立派な魔法使い（マギステル・マギ）」になりたいウェールズ人の少年だ。ネギはウェールズにあるメルディアナ魔法学校を卒業して日本にやってきた。英語教師になるものの、教師という立場に戸惑い、魔法を使う機会を制限されていることにいら立ちを覚えつつも、ネギは次第にその修行の重要性を理解していく。魔法の力を使って、ネギは自分の生徒たちの問題解決の手助けをし、魔法の腕を上げ、人間的にも成長する。

　『魔法先生ネギま！』の魔法のシステムは、魔法使い当人とそのパートナーの、ふたりが協力して行動するというものだ。ふたりは「パクティオー（仮契約）」を結び、その関係になると自分の魔力を相手に送り込める。契約すると2枚のカードが現われ、魔法使いは1枚をパートナーにわたし、1枚は自分がもつ。このカードの魔力を通じてふたりは会話ができ、魔法使いがパートナーの力を強化することができるのだ。

　マンガを原作としたアニメシリーズは2005年に日本で放送され、2006年には第2シリーズがはじまった。

　ほかにも、マンガで大きな人気を博している魔法使いはいる。『スレイ

PART 2　　　　　　　　　　　　長い歴史をもつ偉大な魔法使い

ヤーズ』シリーズのリナ＝インバースもそうだ。リナは若く強力な魔道士で、自ら「天才魔道士」を名乗っている。リナは黒魔術に長け、シャーマニズムと白魔術をかじり、さらに剣士でもある。魔力容量（キャパシティ）がとてつもなく大きく、破壊的な攻撃呪文も使え、「神滅斬」、「重破斬」といった術もある。スレイヤーズは小説のシリーズからはじまり、その後マンガ、TVアニメシリーズ、アニメ映画、ロールプレイングゲームなどさまざまなメディアで展開された。

　東洋に続く魔法使いの伝統は、西洋と同じ道筋をたどってきたわけではない。アジアの文化で重きがおかれているのは、魔術のシャーマニズム的要素だ。未来を予言し、病を癒やし、悪霊を祓うといった能力なのである。

　魔法使いは、不思議でこの世のものとは思えない存在だ。次章からは、わたしたちの心をとらえて離さない、伝説の魔法使いを見ていこう。

138

Part 3
物語のなかの魔法使い

WIZARDS OF STORY

PART 3　　　　　　　　　　　物語のなかの魔法使い

第7章

ハリー・ポッターの魔法使い

ハリー——
おまえは魔法使いだ。

——ハグリッドの言葉
J・K・ローリング『ハリー・ポッターと賢者の石』
（松岡佑子訳）より

第 7 章　　　　　　　　　　ハリー・ポッターの魔法使い

現代のフィクション作品で人気の魔法使いは多い。だが、小柄で黒髪、眼鏡をかけ、額に稲妻型の傷をもつ少年ほど、読む人の気持ちを惹きつけ、夢中にさせる魔法使いはいない。だから、本や映画で人気の魔法使いを見ていくならば、世界にその名をとどろかせている魔法使い、ハリー・ポッターからはじめるべきだろう。

　Ｊ・Ｋ・ローリングの『ハリー・ポッター』シリーズほど大きな影響力をもつ文学作品はめったにない。10年あまりをかけてシリーズ7巻が刊行、映画8作品が公開され、1巻分のページ数は増え続け、映画の予算も跳ね上がった。多数のガイドブックが刊行されて、このシリーズに付随する作品、スピンオフ、ゲームその他の商品が出て、ファン・サイトやインターネット上の解説ページは数えきれない。これより長期にわたって刊行され、巻数が多いファンタジー作品はほかにもあるのも事実だ。たとえばロバート・ジョーダンの『時の車輪』シリーズがそうだが、『ハリー・ポッター』にはこれまでの作品とは違う、あまりに多くの人々の心をとらえて放さないなにかがある。ローリングの生んだ魔法使いが今世紀とそれ以降も、世界のポップカルチャーで人気を維持することはまちがいない。魔法使いをテーマとするならば、ハリー・ポッター現象を取り上げずに終わるわけにはいかないだろう。

　Ｊ・Ｋ・ローリングの業績自体が、魔法を使ったと言えるほどのすばらしさだ。『ハリー・ポッター』シリーズは世界で4億冊が売れ、史上最高の売り上げ記録をもつ本となった。シリーズを原作とした映画が製作されて大ヒットし、これも大きな興行収入を上げた。著者であるローリング自身の人生も魔法をかけたかのように一変した。公的給付に頼った生活を送っていたローリングは、1997年の『ハリー・ポッターと賢者の石』刊行から10年で、推定で7億

9800 万ドル（約 870 億円）の資産をもつまでになった。ローリングはイギリスで最高の売り上げをもつ作家であり、販売額は 3 億 9800 万ドル超（約 430 億円）だ。『ハリー・ポッター』シリーズ最終巻が刊行された年には、タイム誌による 2007 年の「パーソン・オブ・ザ・イヤー（今年の人）」の次点となった。また出版大手ナショナル・マガジン・カンパニーは 2010 年に、ローリングを「イギリスでもっとも影響力のある女性」に選んだ。『ハリー・ポッター』シリーズのメディアミックスや翻訳出版の成果は、「成功」という言葉で片づけるにはあまりに大きいものだ。

ハリー、ハーマイオニー、ロン

　もちろん『ハリー・ポッター』シリーズの魅力は、ローリングの詳細な語り口と登場人物のキャラクターによるところが大きい。ポッターの世界の中心にいるのが、ハリー・ポッター、ハーマイオニー・グレンジャー、ロン・ウィーズリーの魔法使い 3 人組で、読者はこの 3 人の成長を見守ってきた。3 人とも生まれながらにして魔法使いの能力を備えており、魔法使いとしての教育を受けるためにホグワーツ魔法魔術学校に入学する。この 3 人は何かしら問題を抱えている。ハリーは知らないうちに「名声」という重荷を負っており、ハーマイオニーは知ったかぶりをする本の虫、純血の魔法使い一族ウィーズリー家の末息子ロンには守るべき伝統がある。そんな 3 人はすぐに仲良くなる。3 人はホグワーツで、闇の魔法使いヴォルデモートを復活させようとする悪の計画を暴くが、その計画はシリーズが進むごとに深く、闇の側面が濃くなっていく。3 人は互いを補完するチームだ。すぐに行動に出るハリーをハーマイオニーは冷静な計算で抑制し、ロンは感情が豊かだ。

　ヤングアダルト向け文学に位置づけられる『ハリー・ポッター』シリーズは、10 代の心の揺れにかかわる内容も満載だ。3 人は世界を救おうと奮闘する一方で、スクールダンスや恋といった悩み多き問題を通過する。

第 7 章　ハリー・ポッターの魔法使い

　この物語の中心にあるのは、人と人とのかかわり合いだ。愛、復讐、力への熱望、そして贖罪が描かれているのだ。魔法使いは、このテーマが展開する背景にすぎない。さらに言えば『ハリー・ポッター』シリーズの魔法使いは、本書で述べている伝統的魔法使いの姿を踏襲したものでしかない。

　ローリングの作中の登場人物は、彼女が魔法の世界をごくふつうの社会のなかにおいたことでより親しみやすくなっている。魔法使いの社会ではあるが、ハリー・ポッターの世界に、魔法のない社会の退屈で細かな官僚主義がそのままに描かれていることも多い。それは、魔法使いとマグルが共通する先祖をもつことを意味し、ハリーのいるファンタジーの世界は人間界のすぐ外にあることをうかがわせるものでもある。生徒たちが魔法学

魔法使いは「マグル」が
一番恐れているものの象徴です。
魔法使いとはのけ者であって、
そうあることでうまくいく。
古臭い考えの人間にとっては、自分が
社会から浮いていることを気にもかけない人ほど
恐ろしいものはないのです！

——J・K・ローリング

PART 3　　　　　　　　　　　　　　　物語のなかの魔法使い

ともかく、そうではないと言う人もいるが、
『ハリー・ポッター』シリーズは文学作品だ。
J・K・ローリングが魔法の世界を描いたその作品は、
すばらしい文学なんだ。

――ゲイリー・オールドマン
『ハリー・ポッター』シリーズでシリウス・ブラックを演じた

　校指定のローブから外出用の服に着替えるところや、ハリーがコーヒーショップの店員という場面を目にすると、読者は、この魔法使いたちがこちら側の世界に実在するような気になる。しかし実際には魔法使いたちは、マグルのほんの鼻の先ではあるが、別の世界にいるのだ。
　毎日、人々は電話ボックスのそばを通りすぎる。その電話ボックスは魔法省に通じているのだが、その地下になにがあるのか人間はだれも知らない。ロンドンの住人はパブ「漏れ鍋」の前を通りすぎても気づきもしない。その裏庭はブリテン島の魔法使いの商業の中心地ダイアゴン横丁に通じ、そこが客でにぎわっていることを。魔法族ではないわたしたちの世界は、呪文や秘術を使って魔法界と切り離されている。マグルの社会に、魔法にかかわることをわずかでも見せることは厳禁だ。しかし『ハリー・ポッター

第 7 章　　　　　　　　　　　　　　　ハリー・ポッターの魔法使い

と謎のプリンス』には、代々のマグルの首相は魔法界のことを知っているとある。魔法使いが引き起こした事件がマグルの世界に影響を与えるようなときに、魔法省と協力してうまくもみ消すのが大きな目的だ。

『ハリー・ポッター』シリーズは15年近くにわたって定期的に、あるいは同時に刊行（7巻）され、映画が公開（8作品）されてポップカルチャーのすみずみまで行き渡り、ポッター現象はヒートアップした。Googleの検索バーに「ハリー・ポッター」と入力すれば、ヒット数は2億件を超えるだろう。これほど社会に広まった情報は、目に触れなかったり、それから目をそらしたりするのはむずかしい。とくに映画は作品全体のイメージを可視化できるため、映画版の存在感は増す。実際に、ハリー・ポッターの映画と書籍とは今やイメージが完璧に一致しており、ハリー役はダニエル・ラドクリフ以外には考えられない。

　しかし、本書でこれまで見てきた幅広い魔法の伝統のなかでは、ローリングの描く魔法使いはどういう位置づけになるだろうか？　ローリングによる魔法のイメージの多くはなじみのあるものだ。魔法使いのローブと杖、唱える呪文の多さ。箒や空飛ぶ車やバイクを移動の手段に使うこと。それに「思い出し玉」や「逆転時計」といった役に立つ魔法道具。ローリングの描く魔法使いは、昔ながらの魔法使いのさまざまな性質をブレンドしたものだ。だがその魔法の描き方や使い方には独特の要素があるのだ。

ハリー・ポッターの世界で魔法を使う

　イギリスの魔法の能力を備える子どもには、11歳の誕生日にホグワーツ魔法魔術学校の入学案内が届く。この学校で教育を終えることで、生徒は一人前の魔法使いとなって魔法界の一員となることができる。魔法の能力は生まれつきのもので、親から子へと受け継がれる。この能力は遺伝子の突然変異のようなものであり、突然発現したり休眠している場合もある。いわゆる「魔法使いの遺伝子」は、発現してはいなくとも、劣性遺伝として血のなかに残っている。こうしたことから、ハーマイオニー・グレンジャーのような、マグル生まれの魔法使いや魔女がときおり出てくるのだ。魔法使いの両親のもとに生まれたのに魔法の力をもたない「スクイブ」が、ハーマイオニーの先祖のだれかと結婚したことでこうなったのだろう。

　ハリー・ポッターの世界（ポッター・ファンのあいだでは「ポッターヴァー

魔法使いの国際社会

　『ハリー・ポッターと炎のゴブレット』でわかるように、**魔法学校はホグワーツだけではない。少なくともほかにふたつの学校がある。**フランスの**ボーバトン魔法アカデミー**と北欧の**ダームストラング専門学校**だ。原作で確認できるかぎりでは、ボーバトンには**フランス語を話す国々から生徒が入学**し、ダームストラングでは**北欧、東欧、ロシアの生徒が学んでいる。**アジアの**魔法学校も存在はするようだが、原作中では触れられていない。**

第 7 章　ハリー・ポッターの魔法使い

魔法とは、
ただ杖を振っておかしなまじないを
言うだけではないと、
ハリーはたちまち思い知らされた。

——J・K・ローリング『ハリー・ポッターと賢者の石』
（松岡佑子訳）より

ス」ともいう）には、魔法使い以外にも、屋敷しもべ妖精やゴブリンなど魔法を使える生物がいる。「禁じられた森」にはケンタウルスや一角獣、巨大蜘蛛など魔法生物が多数住んでおり、「鍵と領地を守る番人」のハグリッドはどこに行けば魔法生物と会えるかたいていは知っている。この暗い森に悪意を抱く生物が潜んでいるのは事実だが、ハグリッドの言動によって、悪者だというのが誤解にすぎない場合もあると気づかされる。

屋敷しもべ妖精

　屋敷しもべ妖精には、ほかの魔法生物の多くと同じように彼らにしか使えない魔法がある。なかでも「姿あらわし」（ある場所から別の場所へと移動する）というユニークな術は、通常は魔法使いにもできない。屋敷し

もべ妖精は主人の命じることすべてに従い、主人の服をもらわないかぎり解放されない（この方法でハリーは、屋敷しもべ妖精のドビーをマルフォイ家から解放する）。屋敷しもべ妖精は強力な魔法を使えるのだが、生来の従者であることからみすぼらしい身なりをしている。屋敷しもべ妖精を保有することは妖精を生涯雇うことを意味し、しもべ妖精は主人に対して罪を犯すことを心底嫌う。

　屋敷しもべ妖精の魔法は魔法使いのものとは性質がまったく異なり、またそれよりもはるかに強力な場合さえある点はおもしろい。ドビーは、ハリーがルシウス・マルフォイに攻撃されるのを防ぐばかりか、身振りだけで、以前の主人であるマルフォイの足元をすくって転ばせる（屋敷しもべ妖精は杖を使わないのだ）。また著者のローリングは、ホグワーツ卒業後にハーマイオニーが魔法省に入省すると、屋敷しもべ妖精の権利が向上すると言ってはいるが、シリーズ最終巻まで（読者が知るかぎり）妖精たちが魔法使いに隷従しているという状況は変わっていない。

ハリー・ポッターの世界の魔法

　ハリー・ポッターの世界の魔法は、魔法の呪文や動作と魔法の杖（薬草は魔法薬の調合には使われるが、ホグワーツの呪文には一般にはこうした物質は必要としない）を組み合わせる古典的なタイプのものだ。この魔法界が西洋社会にあることを考えれば、魔法の呪文が大半はラテン語やラテン語もどきである点はうなずけるが（中国版ホグワーツであればどんな呪文になるのだろうか）、時には、へんてこな呪文もある。ルーナ・ラブグッドは耳をキンカンに変えるまじないがあると言うし、「フェラベルト（杯になれ）！」という呪文（とそれに合う杖の振り方）は動物を水の入ったゴブレットに変える。

　呪文は魔法使いが毎日使うツールだ。一般に呪文は唱える必要があるが、十分に実力のある魔法使いは言葉を声に出さなくとも呪文の発動が可

能だ。また『ハリー・ポッター』シリーズで使われる呪文の多くは自分の声で唱えることが必要だが、一部には声を出さなくてもよいものがある。杖が必要な場合も多いが、たとえばアニメーガス（動物もどき。動物に変身する能力がある魔法使い）は変身のさいに杖を必要とはしない。また、手にしていなくとも杖は使える。ハリーが「ルーモス！」という呪文で、自分のそばに落ちている杖の先に灯りをともす場面もある。

　杖は、ハリーの世界では、魔法を使うときにとても重要な道具だ。この魔法界では杖は持ち主を選ぶと言われており、つまり杖と持ち主には不思議な関係があるということなのだが、ここでも——現実の魔法と同様——杖はおもに実用的なものだ。杖を使って集中し、魔法使いや魔女はかける魔法の効果を高めるのだ。確かに、集中力を高めて高度な技術を使えば杖

> 呪文はわたしが作った架空のものです。
> 呪文が使えるように一生懸命練習していると
> ごくまじめに言ってくれる人たちがいますが、
> わたしもまじめに、
> 呪文が効くことはないと断言できます。
>
> ——J・K・ローリング

なしでも呪文は唱えられるが、杖はごく個人的な、自分だけのものだ。ハリーは杖に格別な親しみを抱き、『ハリー・ポッターと死の秘宝』の結末近くでは、杖を握ると指が温かくなるのを感じる。

　ハリー・ポッターの世界には魔法の力をもつ物が多数あり、杖はそのひとつでしかない。「思い出し玉」はテニスボール大のガラス玉で煙が入っており、その持ち主がなにかを忘れると赤くなる。「逆転時計」はネックレス型の砂時計で、これを身に着けていると時空を移動できる。砂時計を回す回数がさかのぼれる時間になる。魔法道具にはこのほか、鏡、羽根ペン、本などがあり、さらに新聞や絵など日常生活で身のまわりにあるものはすべて、魔法で魔力を与えることができる。

ニワトコの杖

有名な「死の秘宝」のひとつであるニワトコの杖は、ヴォルデモートが探し求めているものだ。この杖は魔法使いのアンチオク・ペベレルに「死」自身が授けたと言われている。他のふたつ——「蘇りの石」と「透明マント」——とこの杖、つまり死の秘宝をすべて所有すれば、「死を制する者」となる。

　魔法のレベルがどのように上がっていくかについても述べておこう。第1巻では、魔法は大半が生徒の好奇心をそそるようなものだ。少年少女の魔法使いたちがそれを使いコントロールすることを学ぶのだが、そうした魔法でたいしたことができるわけではない。まだ十分な経験がないためだろう。だが最終的にはみな魔法を習得することになり、とくにハーマイオニーの技術はすばらしい。魔法を使えば人の記憶のなかに入り込みまた

第 7 章　　　　　　　　　　　　　　　　ハリー・ポッターの魔法使い

戻ってくることができるし、防御のバリアを張り、他の魔法使いを攻撃することも可能だ。使える呪文にはかぎりがないようにも見え、ポッターの世界では、魔法とは（ウィーズリー夫人が呪文で食器を洗っていることもあり）テクノロジーなのだという思いは強くなる。

　ポッターの世界の魔法とトールキンのガンダルフの魔法とを比較してみよう。この老魔法使いは呪文を使うことはめったにないし（旅の仲間がモリアの坑道で怪物と戦っているときに使ったことがある）、ガンダルフが呪文を使うと、読者はなにかすごいことが起こるのだと期待する。

　ハリー・ポッターの世界では、わたしたちが電気やインターネットを使うような調子で魔法を使う。ホグワーツにはコンピュータはない――学校には電気が通じていないのだから当然なのだが、しかしそれは、魔法使いはコンピュータを使う必要がないからでもある。魔法の羽根ペンは書き取りをしてくれるし、フクロウはニュースを直接自分のところにもってきてくれる。魔法のチェスの駒は目の前で試合を繰り広げる。魔法はテクノロジーと同じで、ほぼすべてのことが魔法でできるのだ。ローリングが物語を書き進めながら、思いついた魔法を取り入れているようにも見える。ホ

151

グワーツ行きの見えない列車に乗り遅れたら、空飛ぶ車に乗ればよい。そうでなければ、親切な魔法使いがホグワーツにテレポートさせてくれるだろう。ハリー・ポッターの世界の魔法は、魔法使いにとって都合がよいことこのうえない。

　呪文は大きく分けて、対象者や物にかけて性質をつけくわえたり変化させる魔法（Charm）と、いらだたしいがユーモアのある呪い（Jinx）とがある。呪文は何百もあり、おそらくは、『ハリー・ポッター』シリーズではそのごく一部を使っているだけなのだ。軽度の呪いや強度の呪いおよび闇の魔術など、悪意のある呪文は使うべきではないと考えられている。闇の魔法使いは一般にこうした不適切な呪文を、良心の呵責もなく平気で用いる。ホグワーツは、呪文を唱える技術的な部分だけではなく、倫理にかなった魔法の使い方を教える場でもある。

　ハリーと友人たちや学校の仲間が使うおもな魔法の呪文を紹介しよう。

◆「ステューピファイ（麻痺せよ）」　失神呪文、麻痺呪文
　『ハリー・ポッターと死の秘宝』では、「死喰い人（デスイーター）」との戦いでホグワーツ勢がさかんに使った。魔法使い同士の戦いではよく使われる呪文だ。

◆「レダクト（粉々）」　粉々の呪文
　呪文を唱えると固い物が破壊される。ハリーはこれを『ハリー・ポッターと炎のゴブレット』で三大魔法学校対抗試合に出場したさいに、巨大迷路の生垣のひとつに向けて使用する。『ハリー・ポッターと不死鳥の騎士団』では、生徒たちが秘密の組織「ダンブルドア軍団」を結成し、防衛術レッスンでこの呪文を訓練する。

◆「アクシオ（来い）」　呼び寄せ呪文
　『ハリー・ポッターと炎のゴブレット』で初めて登場。自分のところに

物を呼び寄せる呪文。この巻の結末近くで、ハリーはヴォルデモートと対決したあとに、この呪文を使って三大魔法学校対抗試合の優勝杯を呼び寄せる。

◆「アロホモーラ（開け）」　鍵を開ける呪文
　ドアを開けたり、解錠したりする。『ハリー・ポッターと賢者の石』で初めて登場し、シリーズ全体を通して使われる。ローリングは、この呪文は西アフリカの方言シディキの「泥棒に親切」という意味の言葉をもとにしたものだと述べている。

◆「アバダ・ケダブラ」　死の呪い
　痛みを感じずに即座に死にいたる。この呪文を防ぐ方法はなく、3つの「許されざる呪文」——このほか「クルーシオ（苦しめ）」（磔の呪文。相手を拷問するときに用いる）、「インペリオ（服従せよ）」（服従の呪文。これでマインドコントロールを行なう）がある——のひとつだ。魔法界では、死の呪いをかけられて生き残った者はこれまでにふたりしかいない。ハリー・ポッターとヴォルデモートだ。許されざる呪文はどれもきわめて強力なため、際立った魔法の技術と意志の力を要する。

魔法使い族

　ローリングは、ハリー・ポッターの世界の一部住人については非常に風刺的な描写をしている。『ハリー・ポッターとアズカバンの囚人』に出てくるホグワーツの「占い学」のばかげた教授で、人をいらつかせるシビル・トレローニーをまともにとり上げるつもりはない。だが他の魔法使いは多才であり、この魔法界には多様なタイプの魔法使いがいる。森番のハグリッドでさえも、ヘッジ・ウィザード——魔法使いとして正式に認められているわけではないが、魔法を使う——のような存在だ。

PART 3　　　　　　　　　　　　　　物語のなかの魔法使い

ここからはローリングが描く多様な魔法使いを見ていこう。

ハリー・ポッター

　ハリーはこの物語の主人公なので、彼が魔法界におよぼす力が奇跡的なレベルまで高まるのも当然であり、シリーズが進むごとに彼の驚異的な力はさらに強まっていく。ヴォルデモートとの最終決戦の頃にはハリーは一流の魔法使いになっている。当然、ハリーの専門は戦闘魔法だ。ホグワーツの生徒は秘密組織「ダンブルドア軍団」を結成し、ハリーは軍団の生徒とともに闇の魔法と戦う訓練をはじめる。このときハリーの戦闘魔法が役に立つのだ。

　物語中のハリーの役割は救世主(メシア)だ。誕生を予言された者であり救いであ

> 傲慢なマグルたちの
> 鼻をへしおる魔法の術を考え出すのに、
> どれだけ時間を費やしたか
> わからないほどです。
>
> ——J・K・ローリング

り、そしてヴォルデモート卿を映す鏡だ。ハリーは「選ばれし者」であり、史上最強の闇の魔法使いを倒す運命にある。ハリーはパーセルタング（蛇語）を話せるが、これは通常は闇の魔法使いのスキルだ。またハリーが使う守護霊の呪文はきわめて高度なもので、魔法使いがみなこれを使えるわけではなく、不完全ながら行なえる者がいく人かいる程度だ。守護霊は自己の発現であり、非常に切迫した状況になったときに呪文で呼び出す。

アルバス・ダンブルドア

　この物語冒頭のダンブルドアは、T・H・ホワイト作のマーリンとよく似た役回りだ。穏やかで愉快な性格で、呪文を唱えるときにへまをやらかすこともある。だが、シリーズが進むうちにダンブルドアの役割は真剣味を増し、どう転ぶかわからない終盤戦では恐るべき策士となる。また聖人やマグスの役割がとても似合う。気持ちを操る呪文のマスターでもあり、マーリンのように予言も行なえる。ダンブルドアは他の魔法使いほど攻撃的な魔法は多用せず、それはダンブルドアの信念——魔法使いの強さは呪文の派手さではなく、魂の性質によるものだ——のためである。

セブルス・スネイプ

　魔法薬の才能をもつ「半純血のプリンス」スネイプは、錬金術師であるかのようだ。スネイプはホグワーツの奥の実験室にこもり、大釜や蒸留器、シューシューと音を立てるビーカーで実験をする、秘密めいた闇の魔術のマスターだ。ハリー・ポッターの世界にはその魔法の力が明確な魔法使いもいるが、スネイプはそうではない。魔法薬の調合は魔法としてはとらえがたく緻密な術であり、作品中でもいくつかの場面で、まさにこの点がスネイプを魔法薬に惹きつけていることがうかがえる。歴史上の錬金術師たちも、ひそやかに魔法を使っていたのだろう。著名な錬金術師であるニコラス・フラメル——ハリーの世界ではまだ存命だ——も、賢者の石を作った人物として第1巻に登場する。

PART 3　　物語のなかの魔法使い

シリウス・ブラック

　シリウス・ブラックは、ハリー・ポッターの世界の魔法使いのごく一部しかマスターすることができない能力をもつ。彼はアニメーガス（動物もどき）だが登録はしていない（アニメーガスはみな魔法省に登録する必要がある）。大きな黒犬に変身する能力は、シャーマニズムの変身の術をほうふつさせる（シリウスという名は「おおいぬ座」の一等星が由来だ）。シリウスがハリーの名付け親であり後見人でもあることで、ハリーとの霊的、精神的つながりが強くなっている。彼は物質も操り、『ハリー・ポッターと炎のゴブレット』では、自分の顔を燃えさかる暖炉のなかに出現させてハリーと話している。シリウスはほかの魔法使いよりもずっと、謎めいた部分が多い。

変身術を行なう魔法使い

　アニメーガスとは、杖や呪文なしで、その意思により自分を動物の姿に変えることのできる魔法使いだ。これは先天的な能力や遺伝というよりも学んで身に着けるものだ。自ら動物に変身した魔法使いは、単純化はするものの、自意識や人間としての思考は残している。ポッターの世界のアニメーガスには、ミネルバ・マクゴナガル、ピーター・ペティグリュー、リタ・スキーターなどがいる。アニメーガスはみな、魔法省の魔法不適正使用取締局に登録し、変身する動物とその特徴を記録する必要がある。

闇の魔法使い

　他の作品と同じく、ポッターの魔法界には力に惑わされる魔法使いがいる。ヴォルデモートの思想につき従った魔法使いは「死喰い人（デスイーター）」として知られ、彼にすべてを支配されている。その仲間は「闇の印」——髑髏の口から蛇がうねって出てくる印——を左の前腕にもち、命令が発せられるとそれが黒く熱くなり、ヴォルデモートのもとに駆けつけなければならない。この魔法使いのグループには、「闇の魔術」を使う純血の名家の者が多数いる。彼らはヴォルデモートの覆面軍団であり、ごくふつうの魔法使いの心に恐怖を植えつけている。そして彼らの名はダイアゴン横丁の裏通りでささやかれ、おおっぴらに語られることはない。

ヴォルデモート

　「死を制する者」である魔法使いヴォルデモートの正体は、トム・リドルだ。闇の魔術に秀でたトムは自分の魂を分割してそれを分霊箱に収めた。それから分霊箱にひときわ強力な呪文をかけ、「死」に絶対に見つからないようにしたのだ。陰謀によって世界に秩序をもたらそうとする古典的な悪党であり、彼は多くの点で堕天使だ。ヴォルデモートの信奉者たちは彼を復活させるためなら、タブーとされる儀式を行なうこともためらわない。ヴォルデモートは魔法界に大きな恐怖をもたらしているため、彼の名を声に出して言うと悪いことが起こると考えられている。

ベラトリックス・レストレンジ

　ベラトリックスは強力ではあるが、不愉快きわまりない魔女だ。ホグワーツ卒業とともに死喰い人となった純血の魔女であり、ヴォルデモートに狂信的なまでに忠実だ。ベラトリックスは数少ない女性の死喰い人であり、残忍さでも抜きんでている。シリウス・ブラック、ニンファドーラ・トンクス、それに屋敷しもべ妖精のドビーを殺したのも彼女だ。ハリーも

PART 3　　　　　　　　　　　　　物語のなかの魔法使い

すんでのところで命を奪われそうになったし、ハーマイオニーにはナイフ
を突きつけ殺すと脅した。ホグワーツでの最終決戦で、ハーマイオニー・
グレンジャー、ジニー・ウィーズリー、ルーナ・ラブグッドがベラトリッ
クスと戦うものの、3人の若い魔女たちが力を合わせてもベラトリックス
の魔法の能力には敵わない。しかし母の怒りの力は魔女の杖にも勝る。娘
のジニーに死の呪文が直撃しそうになるのを見たモリー・ウィーズリー
は、息子の死に対する怒りもくわわり、ついにベラトリックスを倒すので
ある。

ルシウス・マルフォイ

　死喰い人のルシウス・マルフォイ2世は純血の魔法使いであり、ホグ
ワーツでハリーと敵対するドラコ・マルフォイの父親だ。マルフォイ家は
大昔から続く魔法使いの名家であり、ルシウスは純血の重要性と純血の魔
法使いの至上性を強く信じており、スリザリン寮に入るにふさわしい生徒
だった。この寮の生徒は、通常はホグワーツのほかの寮の生徒よりも純血
主義に対する関心が強い。ルシウスは、制御がむずかしい魔法も使う、そ

分霊箱とは?

　死を惑わす方法である「分霊箱（ホークラックス）」は、闇の魔
法使いが自分の魂の断片を隠しておく強力な物体だ。これによっ
て魂は、魔法使いの肉体が滅ぼされたとしてもこの世にとどまる。
この魔法を使えば事実上不死身となるのだ。ひとつの魂を複数の
分霊箱に分けて収めることもできるが、その代償として、人間らし
さを失い肉体は大きく損なわれる。

れなりに能力の高い魔法使いだ。シリーズ終盤では「闇の帝王」の寵愛を失って冷遇され、最終的には自分と家族を救うためにヴォルデモートを捨てる。

ドラコ・マルフォイ

　ルシウスの後継ぎ息子であるドラコ・マルフォイはハリーの宿敵であり、ホグワーツのいじめっ子だ。しかし一般的ないじめっ子よりもおそらくはたちが悪い。実際に死喰い人とつきあいがあり、父親の狂気じみた友人たちとともに、ダンブルドア校長を殺害する計画まで立てるのだ。映画では、ドラコを演じたトム・フェルトンがあまりにも嫌みな言い方で「ポッター」と呼ぶため、観客はみなドラコに嫌悪感を抱いてしまう。ドラコはハリーの引き立て役であり、特権や純血の魔法使いといった、ハリーとは対極にあるものを象徴する存在だ。

しかしドラコには悩みを抱える一面もあり、読者は、彼が闇の魔法使いの側へと行ったのは自らの意志ではなく、引きずり込まれたのではないかと思うようになる。そして物語のエピローグの、年を重ね、悲しみも経験し、おそらくは以前よりも賢くなったドラコが、ホグワーツに入学する息子を送り出す場面で読者はそれを確信するのだ。

PART 3　　　　　　　　　　物語のなかの魔法使い

純血

　『ハリー・ポッター』シリーズ全体を通して見られるテーマが、魔法族は生来、マグルよりも優秀であるという考えだ。一部の魔法使いのあいだでは当然とされている考えでもある。ここから、マグルの血がまったく（あるいはごくわずかしか）流れていない家系出身の者が最高の魔法使いなのだという信念も生まれている。「純血のゲルマン／アーリア人至上主義」というナチスの思想にも似ており、魔法世界で力を求めるヴォルデモートも、根底にこの思想をもつ。

　闇の側面はローリングの魔法の世界では明確に定義されているが、黒とも白とも言えない部分もときおりある。たとえば魔法界の監獄の看守に使われているのは、「吸魂鬼（ディメンター）」として知られる気味の悪い生物だ。世界でもっとも危険な生物だと考えられていることが、吸魂鬼を看守としている理由である。吸魂鬼は人間の幸福を吸い取って糧にし、悲しみと嘆きをマントのようにまとっている。吸魂鬼と歩み寄れることはなく、これに対して一番効果がある防御法は守護霊（パトローナス）の呪文を唱えることだ。この呪文は唱える人の霊と愛から放たれるものだからだ。ルーピン先生もハリーにこう言う。

　　吸魂鬼は地上を歩く生物の中でももっとも忌まわしい生物の一つだ。もっとも暗く、もっとも穢れた場所にはびこり、凋落と絶望の中に栄え、平和や希望、幸福を周りの空気から吸い取ってしまう。……吸魂鬼に近づき過ぎると、楽しい気分も幸福な想い出も、一かけらも

160

第 7 章　　　　　　　　　　ハリー・ポッターの魔法使い

残さず吸い取られてしまう。やろうと思えば、吸魂鬼は相手を貪り続け、しまいには吸魂鬼自身と同じ状態にしてしまうことができる——邪悪な魂の抜け殻にね。心に最悪の経験だけしか残らない状態だ。

　　　　　　　　　（J・K・ローリング『ハリー・ポッターと
　　　　　　　　　　　アズカバンの囚人』松岡佑子訳より）

　吸魂鬼とはこれほど忌まわしい存在であるため、なぜ魔法使いがこれを利用するのかという疑問もわく。それは、そうしたほうが都合がいいからなのだ。魔法界の政治家はマグルの政治家とたいして違わない——あらゆるものに妥協し、なにより自己保身が大事なのだ。吸魂鬼の利用はそんな妥協の最たるものだ。

ポッター世界の闇祓い（オーラー）

闇祓いは闇の魔法にがかかわる犯罪を調査し、闇の魔法使いを逮捕する。実質、魔法界の警察部隊といったところだ。闇祓いの訓練はとてもむずかしく、徹底して行なわれる。ローリングはこのシリーズを書き終えたあとにインターネット上で、ハリーが史上最年少の闇祓いとなり、闇祓い局の局長になるとコメントしている。ローリングが作ったオーラー（auror）という言葉は、「aura（オーラ、霊気）」と「augur（占い師）」を組み合わせたものだと思われ、超感覚的な手がかりをもとに謎を暴く探偵といったところだろう。

PART 3　　　　　　　　　　　　　　物語のなかの魔法使い

魔法使い

　『ハリー・ポッター』シリーズの魔法使いや魔女は、厳密な意味では「魔法使い」とは言えないかもしれない。ホグワーツ魔法魔術学校という名称は魔法と魔術を明確に分け、同じように訓練する場であることを意味しているにもかかわらず、このふたつはたいして区別されず、「魔法」と大きくくくられているからだ。
　ポッターの世界では、「魔法」も「魔術」も同じく魔法を行なうことを意味し、みな「魔法」使いと呼ばれている。魔法使いを表す言葉では、「ウォーロック（warlock）」が男性の魔法使いを意味すると思われている場合があるが、実際には古英語の「嘘つき」や「誓いを破る人」という意

わたしはハリー・ポッターが
大変道徳的な本だと思うのですが、
子ども向けの本で魔法を扱うことに
反対する人たちもいます。
残念なことです。
そんなことをすれば、すばらしい児童書の多くが
なかったことになります。

——J・K・ローリング

味をもつ語だ。

　「ウォーロック」（邦訳では「魔法戦士」）はハリー・ポッターの魔法の世界ではほとんど登場しない。おそらくはそれなりの理由があってのことだ。この言葉は屈強な男性魔法使いを意味する場合や、マグルの世界の騎士（ナイト）に匹敵するような、特別なスキルや業績に対する称号に使われていることがある。作品中では魔法の決闘に秀でる人物を指し、また勇敢な行動を取った魔法使いに与えられる称号でもあった。アルバス・ダンブルドアは、ハリー・ポッターの世界の最高裁であるウィゼンガモットの前主席魔法戦士だ。また、ダンブルドアが手短に語った『吟遊詩人ビードルの物語』中の「毛だらけ心臓の魔法戦士」の主人公が、若くたくましい魔法戦士だ。『吟遊詩人ビードルの物語』はのちにローリングが書籍にまとめて、『ハリー・ポッター』シリーズの完結後に出版した。

　ハリーの世界では、魔法使いは男女の別にかかわらずみな箒に乗ってクィディッチをプレイする。ホグワーツでは、生徒たちがクィディッチ以外で箒に乗る場面は出てこない。例外が、『ハリー・ポッターと炎のゴブレット』の三大魔法学校対抗試合だ。ローリングが描く女性の魔法使いは強く、ヤングアダルトの読者にもわかりやすいロールモデルだ。また『オズの魔法使い』と同じく、善い魔法使いも、邪悪な魔法使いもいる。

魔法学校

　イギリスのパブリック・スクールをモデルにしたホグワーツは、ハリー・ポッターの世界の中心にある。イギリスのすべての魔法使いと魔女は、一定の時期にホグワーツで学んでいる。ホグワーツは「普通魔法レベル試験」を受験可能なレベルの魔法を学ぶための、魔法の高等学校といったところだ。ハーマイオニーは試験勉強に神経をとがらせていたが、試験を前にしてやきもきしなかった生徒などいないだろう。それから生徒ならだれだって、いつもねっとりとした監視の目を向けるセブルス・スネイプ

163

PART 3　　　　　　　　　　　　　　　物語のなかの魔法使い

この授業では、杖を振り回すようなバカげたこと
やくだらない呪文は教えん。だから、諸君がこの
微妙な科学を真に理解し、魔法薬の調合という芸術を
正確に行えるとは期待しておらん。
だが、その素質をもった数少ない選ばれし者には……
心を惑わせ感覚を狂わせる魔力を教えよう。
我輩が教えるのは、名声を瓶に詰め、栄光を醸造し、
死にさえふたをする方法である。

──セブルス・スネイプの言葉
映画『ハリー・ポッターと賢者の石』より

の頭のなかを推し量り、ついびくびくしてしまうものだ。

「パブリック・スクール」は、イギリスでは私立学校のことだ。「公的」
を意味する「パブリック」という名称で呼ばれるのは、大昔のように教会
やその他宗教組織による運営や支配によるものではなく、一般に開かれた
教育機関だからだ。歴史上、パブリック・スクールではイギリスのアッ
パークラス（上流階級）やアッパーミドル（上位中流階級）の子弟を教育
し、上流階級の生徒たちはここが監獄だとジョークを飛ばすこともある。
ホグワーツの威圧的な塀は──とくにスコットランドの陰鬱な湿地に作ら
れた──冷たく暗い監獄を思わせるが、この学校がもっと温かな場所であ
ることはまちがいない。

この魔法使いの学校で進級するためには、生徒は一定の授業を受けて試

第7章　　　　　　　　　　　　　　ハリー・ポッターの魔法使い

験に合格しなければならない。「普通魔法レベル試験」（略語はO・W・L、ふくろうテスト）は5年生の学年末に受ける科目別の試験だ。これは魔法試験局が規定した基礎レベルの試験であり、その成績で、次年度以降もその科目の学習を続けることが可能か判定される。「めちゃくちゃ疲れる魔法テスト」（N・E・W・T、いもり）は最上級生の7年生で受ける科目別試験だ。卒業後につく一定の職業については、基準となる成績が設定されている。闇祓いになりたい者は少なくともN・E・W・Tで5科目合格し、上位ふたつ、「期待以上（E）」と「大いに宜しい（O）」のどちらかの成績を収めて魔法省に入省する必要がある。試験にはカンニング防止呪文がかけられ、通常はカンニング防止羽根ペンを用いる。

O・W・LとN・E・W・T

O・W・LとN・E・W・Tは、イギリスで以前に行なわれ、ローリング自身も受験に苦労したはずの「英国普通レベル（Oレベル）」と「上級レベル（Aレベル）」試験にヒントを得たものであることはまちがいない。アメリカ人読者なら、SAT（大学進学適性試験）が頭に浮かぶだろう。

イートンやハロー校といったパブリック・スクールと同様、ホグワーツの生徒たちは各寮に分かれて生活を送る——もっともホグワーツでは、不思議な「組分け帽子」が各自の入る寮を決める。ここにはグリフィンドール、レイヴンクロー、ハッフルパフ、スリザリンの4つの寮がある（ローリングは、組み分け帽子にハリーにはスリザリン寮生の素質があると言わせることで、ヴォルデモートと思わぬつながりがあることをほのめかし

ている)。各生徒は制服としてローブをまとい、寮の色のネクタイとマフラーを身に着け、これが仲間意識を育てる。

寮対抗杯のポイント

ホグワーツの生徒がよい行ないをするか授業で正しく答えられたときには、所属する寮にポイントが与えられる。規則違反をすると減点されることもある。各寮の得点は大広間の砂時計に示される。各生徒が自分の属する寮のために得点を稼ぎ、学年末には最高得点の寮が寮対抗杯のトロフィーを授与される。

ハリーの仲間たち

　幸いにも、ダンブルドアがハリーに教えたように、「ホグワーツでは、助けを求める者にみなそれが与えられる」。ハリーは危険に直面するものの、その危険と闘うさいに多くの助けを得るのである。

ミネルバ・マクゴナガル

　グリフィンドール寮の寮監であるミネルバ・マクゴナガル教授は、『ハリー・ポッター』シリーズ全巻を通して生徒たちを導く力だ。彼女はハリーとその友人たちを見守り、必要なときには必ず、彼らのためになるようなことを言う。彼女は赤ん坊のハリーがダーズリー家の玄関におかれたそのときもハリーを見守り、ホグワーツの最終決戦でヴォルデモートに対する抵抗組織を作るときにもハリーのそばにいる。英国の学校長がもつ偉大なる伝統に即して、彼女のウィットは鋭く的を射ている。ばかげた行為

は容認しないが、その厳しい顔の下には温かく、思いやりのある性質が隠れている。マクゴナガル教授は強力な魔女であり、合法のアニメーガスでもあってとくに変身術にすぐれている。ホグワーツの戦いでは、マクゴナガル教授は多くの闇の魔法使いの攻撃を防御し、ヴォルデモート相手にもしばらくはもちこたえた。いったん火がつくとその怒りは恐ろしいほどに激しく、まるで母熊のようだ。

ネビル・ロングボトム

ホグワーツ入学当初のネビルは不器用でとくに聡明ではないが、読者の心をつかんで放さないキャラクターだ。植物にくわしいまじめな少年は、最終決戦ではゴドリック・グリフィンドールの剣をたくみに使うまでにな

わたしは魔法を信じているわけではありませんが、現役の魔女だと何度言われたかわかりません。『ハリー・ポッター』シリーズ中の魔法の90、いえ95パーセントはわたしが作り出したものです。民間伝承からもアイデアをもらったり、効果があるという言い伝えのまじないやお守りをちょっぴり借りてきて、味つけをしたりもします。ただ借りるのではありませんよ。必ず工夫をくわえて、これだと思うようなものにしているのです。わたしの描くストーリーにしっくりくるように、言い伝えや迷信を自分なりにいじっているというところでしょうか。

——J・K・ローリング

り、最後の分霊箱を破壊する。ホグワーツ入学時にハリーとロンと同じ寮に組み分けされたネビルは、当初は内気でへまばかりやっていた。だが彼はダンブルドア軍団——ハリーが作った善の側の秘密組織——の重要な一員となり、第2次魔法戦争のすべてを戦う。のちにネビルはホグワーツの薬草学の教授となり、いつも愛情を傾けて魔法薬のための薬草を育てている。

「鍵と領地を守る番人」、ハグリッド

ハリー・ポッターにできた初めての友人である半巨人のルビウス・ハグリッドは、愛想がよく、粗野だが魅力的な——ときには危険な——人物だ。濡れ衣を着せられて罰を受けたハグリッドは、ホグワーツから追放されて魔法を使うことを禁じられた。森番としてどうにかホグワーツにとどまれるようにしてやったのはダンブルドアだった。彼は友人に対しては心底忠実であり、必要であれば友人を守り、友人のために戦う覚悟だ。ハグリッドは魔法生物を心から愛しており、禁じられた森でその住人と一緒にいるときがなによりも落ち着く。彼は杖の代わりに傘をもちヘッジ・ウィザードを思わせるが、しかし魔法を使うスキルは身に着けている。残念なことに、魔法のペットを愛するあまり、ハグリッドはドラゴンの赤ん坊を飼い、巨大蜘蛛と友達になり、そして魔法生物の飼い方に関する本（生徒の身に危険をおよぼしかねない本）を生徒に渡してしまう。

ルーナ・ラブグッド

ルーナ・ラブグッドは変人で、ふつうの人には見えないものが見えるらしい。母親はルーナが幼い頃に亡くなり、『ザ・クィブラー』誌の編集長

である父親が彼女を育てた。『ハリー・ポッターと不死鳥の騎士団』に初めて登場したルーナはレイヴンクロー寮生で、4年生のときにダンブルドア軍団にくわわる。父親の当時の政治的立場を理由に、ルーナは死喰い人にさらわれて取引材料とされ、マルフォイの屋敷に監禁される。ルーナは屋敷しもべ妖精のドビーに逃がしてもらい、最後にはホグワーツに戻って最終決戦にくわわる。

ジニー・ウィーズリー

ジネブラ・ウィーズリーはアーサーとモリーのウィーズリー夫婦の7人の子どもたちの末っ子で、ウィーズリー家唯一の女の子だ。最初はハリーをあこがれの目で見るプレティーンだったジニーは、ダンブルドア軍団の大きな戦力となり、ハリーに対する気持ちは愛情へと変わっていく。ホグワーツの1年生のときにジニーは、日記に残されていた16歳のときのトム・リドルの記憶の影響下におかれ、操られて「秘密の部屋」をふたたび開けてしまう。このときからずっと、ジニーはハリー・ポッターの人生の行程にかかわり続けた。

ポッターヴァース

最後に、なぜハリー・ポッターがこれほど人気があるのかという問題に立ち返ろう。ハリー・ポッターには大勢のファンがついているが、世界中の人々がこぞってローリングの作品を称賛しているわけではない。偉大なファンタジー作家であるアーシュラ・K・ル・グウィンはローリングの作品について、「一定の年齢層には大きな人気を勝ち得たが、紋切り型で、模倣的でさえあり、倫理的にも見るべきものはない」作品だと述べている。ほかにも、プロットの穴が多数ある、ときには登場人物の行動が理解できない、といった点を指摘する評論家もいる。それにもかかわらず『ハリー・ポッター』シリーズは驚異的な販売部数を誇り、物語が暗い雰囲気

に陥っているときでさえ、ファン離れは起きなかった。3巻か4巻まで読み進めば一定の感情移入をしてしまい、またこのシリーズがメディアに大きく取り上げられていることから、作品にはなんらかの興味を抱いてしまう。さらに、ハリー・ポッターの映画に出演する俳優たちは休暇にしか会えない遠くにいるいとこのような存在になり、読者は、彼らがスクリーン上で子どもからヤングアダルトへと成長するのを見守るような気分になるのだ。

とはいえ、この物語自体に、読者の心を瞬時につかむなにかがあるはずだ。魔法学校のおもしろさもそのひとつだ。ハリーとハーマイオニーとロンは、魔法の勉強をしているという点をのぞいては、どこにでもいるふつうの子どもたちだ。物語には魔法界の事件とともに登場人物間の葛藤も描

魔法使いって、
どこにでも首を突っ込むみたいね!

——ペチュニアの言葉
J・K・ローリング
『ハリー・ポッターと死の秘宝』(松岡佑子訳)より

かれて、読者はごくふつうのマグルの中学校を見ているような気分になる。イギリス人読者なら、イギリス伝統のパブリック・スクールが魔法や呪文で変身したかのようで楽しいだろうし、アメリカ人読者にとっては、フリットウィック、クルックシャンクス、ロングボトムなど、チャールズ・ディケンズの小説に登場するような名前が、ポッター界の魔法に異国風味をくわえてくれる。

　ローリングの名付け方はいわゆる英国風の魅力をポッターの世界に与えている。しかしそのネーミングは、登場人物のキャラクターを簡潔に伝えるたくみなツールともなっている。スプラウト教授は薬草学の教授（sprout は新芽の意味）、フリットウィック教授はとても小柄ですぐに吹き飛ばされる（flit には飛び回るという意味がある）。これはローリングが詳細に想像して創り上げた世界の一例であって、細部までこだわったローリングに大きな称賛が寄せられている。とはいえローリングの世界はアメリカ人読者にそのまま届けられたわけではない。イギリスで刊行されたシリーズ第 1 巻の『Harry Potter and the Philosopher's Stone（ハリー・ポッターと賢者の石）』は、アメリカ人読者には少々わかりづらいのではという懸念から、発行元のスカラスティック社は「Philosopher's Stone」を「Sorcerer's Stone（魔法使いの石）」に変更するようローリングに求めた。アメリカ英語とイギリス英語の違いから「翻訳」された箇所もある。ハーマイオニーの「gets off with」というせりふは、「go on a date with（デートする）」と変更された。

　大西洋をはさんだふたつの国に文化の違いはあっても、それ以上に、古典的モチーフが使われた『ハリー・ポッター』は読者の感情に強く訴える。ハリーとその仲間たちは、信じられないほどの危険とふつうならありそうにもないできごとを乗り越え、ハッピーエンドへとたどり着く。これはヤングアダルト向けの作品ではよく見るテーマであり、ハリーの行動を追い、応援することで、読者は平凡な日常から飛び出すのだ。また作者のローリングは人生の敗者同然だった。彼女はそれをはねのけ、無一文から

PART 3　　　　　　　　　　　　　物語のなかの魔法使い

「つまり、きみは、愛する力によって護られておるのじゃ!」
ダンブルドアが声を張り上げた。
「ヴォルデモートが持つ類の力の誘惑に抗する唯一の護りじゃ!
あらゆる誘惑に耐えなければならなかったにもかかわらず、
あらゆる苦しみにもかかわらず、きみの心は純粋なままじゃ。
十一歳のとき、きみの心の望みを映す鏡を見つめていたときと
変わらぬ純粋さじゃ。あの鏡が示しておったのは、不滅の命でも
富でもなく、ヴォルデモート卿を倒す方法のみじゃ」

——アルバス・ダンブルドアからハリーへの言葉
J・K・ローリング
『ハリー・ポッターと謎のプリンス』
(松岡佑子訳)より

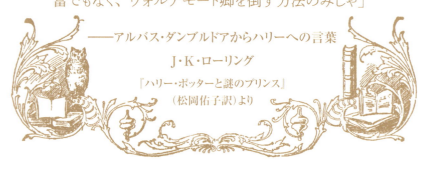

大金持ちになる。こうした要素も、作品の人気の要因なのである。
　ファンタジーとしてはとくに珍しいプロットではないのだが、ローリングの明と暗の描き分けは明確で、強いメッセージ性をもっている。ハリーとヴォルデモートのふたりを見てもこれがわかる。ヴォルデモートは力を熱望する者を、ハリーは仲間への愛を象徴する。ローリングにとって愛は、唯一のものではないとしても、この世でひときわ強力な力のひとつなのだ。実際にローリングは愛を、もっとも謎が多くとらえどころのない魔法と定義している。リリー・ポッターが自分を犠牲にして息子ハリーの命を救ったのも、愛の力によるものだ。愛を経験したことがないヴォルデモートは、少年時代からずっと愛の力を過小評価している。ヴォルデモートは、愛——ハリーの母親に対してスネイプが抱き続けていたような——

が、どれほど裏付けのある力にも勝りうることを理解できないのだ。作者のこうした考えに読者は惹きつけられる。それは、わたしたちが住む現実よりも明快な世界を見せてくれるからだ。愛はすべてに勝るというローリングのメッセージには、だれもが思わず惹きこまれるのである。

ハリー・ポッターの魔法使い

　本書では幅広くさまざまな魔法や魔術を取り上げてきたが、そのなかで、ハリー・ポッターの世界の魔法使いたちはどう位置づけすればよいだろうか？　彼らは確かに魔法使いだが、マーリンやガンダルフその他、ファンタジーに登場する典型的な魔法使いとは違って、ごくふつうの、日常生活を送るようすが描かれている。ときには少々ばかげた魔法を使うし、使う魔法は畏怖の対象となるようなものではなく、ごく平凡なものである場合が多い。それでも、ハリー・ポッターの登場人物たちを魔法使いの大全から除外するわけにはいかない。ハリーとその世界は魔法使いとしてはユニークだが、それは、これまでのさまざまな魔法使いの性質をさまざまにブレンドしているからだ。ホグワーツの大広間にはマグスもソーサラーも、魔女もシャーマンもいる。伝統的な魔法の世界をおおまかにまとめているにすぎないと言える場合もあるだろうが、それでもとても魅力的な描写がなされている。

　ローリングは独自の工夫や魔法、その他の知恵をさまざまにこらして色づけし、さらに自身が創り出した魔法使いの物語に、人の闘いと勝利という典型的なテーマを織り込んでいる。ハリーの世界は読者である人間と同じルーツをもち、大いに親近感を抱かせ、探してみれば自分にも魔法の世界が見つけられるかもしれないと思わせる。それこそファンタジー小説の得意とするところだ。J・K・ローリングは、これまでの魔法のカタログに大幅に加筆を行なったと言ってまちがいないだろう。

　世界中で翻訳され、映画化されて、『ハリー・ポッター』シリーズはあっ

さりと、世界的ブームを巻き起こす作品となった。魔法使いを扱った物語でこれほどさまざまな媒体で取り上げられ、付随作品を生んだものはない。『ハリー・ポッター』シリーズは大勢の熱心なファンを生み、ある世代にとっては、このシリーズは魔法を意味するものになった。結局のところは、魔法というよりも「生き残った男の子」の物語であるわけだが、ハリーが丸い眼鏡を通してすぐその先の将来を見るとき、わたしたちはそこに魔法を見ているのだ。

第8章

本のなかの魔法使い

長いレザーのコートをはおって
ポケットには .44 口径のレボルバーを潜ませている。
そんなハリー・ドレスデンはレッドブル好きの
いかれたガンダルフだ。

——ジム・ブッチャーが自身の作品の主人公
ハリー・ドレスデンについて語ったもの

PART 3　　　　　　　　　　　　　　物語のなかの魔法使い

魔法使いはファンタジーの世界では定番の登場人物となっているため、まったく魔法使いが出てこないファンタジー小説などないも同然だ。たとえば、次のような魔法使いや魔術師がいる。

◆アーシュラ・K・ル・グウィン『ゲド戦記』の『影との戦い』のゲド
◆テリー・プラチェット『ディスクワールド』シリーズのリンスウィンド
◆C・S・ルイス『魔術師のおい』のジェイディスと、『朝びらき丸 東の海へ』のコリアキン
◆キャサリン・カーツ『グウィネド王国年代記』シリーズのデリニ
◆パトリシア・A・マキリップ『イルスの竪琴』シリーズのレーデルル
◆テリー・ブルックス『シャナラ』シリーズのアラノン

バランタイン・アダルト・ファンタジー

　1969年に、バランタイン・ブックス社（現在はランダムハウス社の傘下にあるが、当時は独立した出版社だった）は、古典的なファンタジー小説の刊行をはじめた。ベティ・バランタインが編集し、リン・カーターが監修したシリーズは最終的に65作品が出版された。もっともこのシリーズの正式刊行以前にバランタイン社が出版した他作品も、このシリーズだとみなされている。このファンタジー・シリーズによって、ウィリアム・モリスの中世のロマンスや、アーネスト・ブラマの「カイ・ルン」が語る奇譚集、ロード・ダンセイニのファンタジー小説にも注目が集まった。このシリーズは1974年に刊行を終えた。

第 8 章　　　　　　　　　　　　　　　本のなかの魔法使い

◆マーガレット・ワイスとトレイシー・ヒックマン『ドラゴンランス』シ
　リーズのレイストリン・マジェーレ
◆ジョナサン・ストラウド『バーティミアス』シリーズに登場するさまざ
　まな名もなき魔術師
◆スザンナ・クラーク『ジョナサン・ストレンジとミスター・ノレルI～
　III』のジョナサン・ストレンジとミスター・ノレル
◆メアリー・スチュアート『水晶の洞窟』、『ホロー・ヒルズ』、『最後の魔
　法』のマーリン
◆J・R・R・トールキン『指輪物語』、『ホビットの冒険』のガンダルフと
　サルマン

　ファンタジーの世界は魔術と魔法に満ちているのだ。

トールキンとファンタジーの礎

　ファンタジー小説の祖は、J・R・R・トールキンが 1937 年に出版した
『ホビットの冒険』であるとはよく言われることだ。だがこれが真実かと
いうと、そういうわけでもない。ファンタジー小説の伝統はそれ以前には
じまっており、19 世紀後半にはすでにこうした作品が書かれている。た
とえば偉大なデザイナーであり工芸家だったウィリアム・モリスは、時間
を作っては『世界のはての泉』や『世界のかなたの森』といった中世のファ
ンタジー・ロマンスのシリーズを書いた。
　とはいえ今日の、神秘に満ちたファンタジー小説を生もうと情熱を傾け
る作家の多くが、トールキンの作品に大きな影響を受けているのは事実
だ。なによりトールキンは「灰色のガンダルフ」という、ファンタジー小
説に登場する魔法使いの原型とも言えるキャラクターを生み出したのであ
る。

177

「よいお日和を」とビルボがいいました。
そのとおりでした。朝日は輝き、草はさえざえとした緑でした。
けれどもガンダルフは、帽子のつばよりも長くつき出た、
もじゃもじゃの眉毛の下から、ビルボをじっと見つめました。
「それはどういうことかね。わしにとってよい日和だというのかね。
わしにはどうでも、よい日和でけっこうというのかね。
それともおまえさんが、よい日和で気分がいいというのかね。
あるいは、よい日和でいいことがおこりそうだというのかね」

――J・R・R・トールキン『ホビットの冒険』
（［瀬田貞二訳］より）

『ホビットの冒険』のガンダルフ

　トールキンは『ホビットの冒険』を児童書として書いたため、当然、ガンダルフは『指輪物語』よりも屈託のない人物に描かれている。『ホビットの冒険』は、はなれ山に向かうビルボの旅とその旅に伴うガンダルフの話が中心で、それ以外については簡単な描写しかない。たとえばこの物語では最後になってようやく、ガンダルフが魔法使いたちの一大会議に出かけていたことや、この魔法使いたちが力を合わせて、恐ろしい死人うらない師を闇の森にある隠れ家から追い払ったことが書かれている。『指輪物語』では、その会議とは「白の会議」（立派な魔法使いがいる）のことであること、死人うらない師とは変装したサウロンであり、そして闇の森

第 8 章　本のなかの魔法使い

にあるサウロンの要塞ドル＝グルドゥアから追放されたあと、サウロンがモルドールで再度拠点を作ったことなどがわかる。しかしこれらは、『ホビットの冒険』よりもあとのできごとだ。

『ホビットの冒険』のガンダルフは、灰色のローブをまとい、つばが広く先がとがった帽子をかぶった、もじゃもじゃ眉毛の短気な老人だ。ガンダルフはトーリン・オーケンシールドとともに、はなれ山まで旅して失われた先祖の宝を取り戻そうとする13人のドワーフの一行を率いる。彼はパイプでタバコを吸い――パイプの煙を操る魔法がある――雷のような閃光を呼び（これで一行を攻撃したゴブリン2匹を吹き飛ばす）、灯りをつけ、声をまねる（ドワーフがトロルに捕まると、声まねで救う）。だが神秘的な部分はほとんどない。

ミスランディア

　ガンダルフの役割は、『指輪物語』ではかなり大きなものになっている。彼はサウロンの主敵となり、指輪戦争においては自由の民の勢力をまとめ、行動を促す人物だ。彼は王たちに助言を行ない、エルフの友でもある。ホビットのフロドとサムは、ガンダルフについては『ホビットの冒険』のビルボ・バギンズと同様の知識しかもっておらず、この老人を花火使いの名人だと思っているので、そうではない姿を見るたびに驚く。

　ガンダルフは多くの名をもち、エルフにはミスランディアと呼ばれている。彼は指輪にまつわるできごとで中つ国に遣わされ、何世紀にもわたり

中つ国を放浪している。指輪戦争が終結してゴンドールに新しい王が生まれたところで、ガンダルフの仕事は終わる。ガンダルフはフロドとビルボ、それにエルフたちとともに船に乗り、西の海の果ての不死の国へと向かう。

だがガンダルフは完璧な人物ではない。彼は傲慢にもなり、仲間に計画を話すさいにはなげやりでひとりよがりなところがあり、とくに自分よりも頭の回転の悪い相手にはすぐに腹を立てる。フロドに指輪をもたせてモルドールに向かわせ、それを破壊する計画を思いつくものの、彼にはこの計画が成功するという確信はないし、フロドがサウロンに捕まったと思ったときには恐怖を感じてもいる。ガンダルフはその年齢と際立った能力にもかかわらず欠点をもち、それに共感できる点も読者にとっては魅力なのだ。

女王ジェイディスとコリアキン

トールキンと同時代の作家であり友人でもあるＣ・Ｓ・ルイスもまたファンタジー小説を書き、『別世界物語』3部作と7巻からなる『ナルニア国ものがたり』を刊行した。『ホビットの冒険』と同じくルイスの作品は児童書ではあるが、どの巻にも共通する目的がある。ルイスは自作のファンタジー小説がキリスト教の寓話として読まれることを意図しており、このため、登場人物たちはその目的に沿った明確な役割を担っている。

『ナルニア国ものがたり』にはふたりの魔法使い（キリストを思わせるアスランは入れていない。ルイスはつねに、アスランの魔法は例外的であり、実際には魔法とは言えないものだと明言している）が登場する。『朝びらき丸 東の海へ』でルーシー・ペベンシーが出会う魔法使いのコリアキンと、『魔術師のおい』、『ライオンと魔女』に登場する白い魔女ジェイディスだ。

第 8 章　　　　　　　　　　　　　　　本のなかの魔法使い

永遠の悪

　『ライオンと魔女』のなかで白い魔女は、魔女の軍団とペベン
シー兄妹率いる軍勢との戦いのクライマックスでアスランに殺さ
れる。しかしその数千年後という時代設定の『カスピアン王子
のつのぶえ』では、魔女は死んでいないのではないかと思わせ
る場面がある。悪の鬼婆が、魔女がナルニアに戻ってくるともと
れる言葉をはくのだ。

　「魔女だ!」カスピアンは叫ぶ。「でも魔女は死んだはずだ!」
「はたして、ほんとうにそうかな?」と鬼婆は言う。

　ルイスは、悪は決して死なないと言っているかのようだ。

ジェイディス

　ジェイディスはもうひとつの世界の女王として登場する。ジェイディス
とその姉とのあいだの魔法戦争がその世界を破壊すると、ジェイディスだ
けが生き残り、アスランが創造したばかりのナルニア国へと目を向けるの
だ。そこではアスランが魔法の力でこれに対抗し、悪の魔女ジェイディス
は影の存在であり続けるが、ついにナルニア国を支配する（ジェイディス
がナルニア国を支配するまでの経緯についてはルイスは語っていない）。
白い魔女となったジェイディスは魔法をかけ、ナルニアを氷と雪の大地へ
と変えて、登場人物のひとりが嘆くように、「ずっと冬なのにクリスマス
は来ない」国にする。

181

PART 3　　　　　　　　　　　　　物語のなかの魔法使い

　魔法使いや魔術師の多くと同じく、ジェイディスの弱点はその傲慢さにある。ジェイディスはペベンシー家の子どもたちが姿を現わしたことの危険性をわかってはいるが、手遅れになるまでそれに対処しないのだ。そしてジェイディスは「古いもとの魔法」を利用してアスランを捕らえ死にいたらせようとするが、「もっと古い魔法のおきて」でアスランが復活することは知らず、最後には倒されるのである。

コリアキン

　ジェイディスとは対照的な魔法使いがコリアキンだ。ルーシーはびくびくしながらコリアキンの家に入り、そこではおどろかされもするのだが、姿を現わしたコリアキンは実は親切な魔法使いだ。コリアキンは昔からの

> わしでさえ、こんな魔術のことは
> 夢にも知らんでおった。
>
> 　　　——アンドルーおじの言葉
> 　C・S・ルイス『魔術師のおい』(瀬田貞二訳)より

魔法使いのイメージ通りで、背が高く、ローブをまとい、白く長いあごひげをたくわえている。コリアキンの魔法の本には、唱えた者をこよなく美しくするまじないや、友達が自分のことをどう思っているかを知るまじない、それに見えない物を見えるようにするまじない（ルーシーがコリアキンの家で見つけるように頼まれたもの）などが収められている。

　のちに読者は、コリアキンが実は昔から魔法使いだったわけではないことを知る。以前は星だったのだが、なんらかの罪を犯して——明確にはされていない——空から追放され、のうなし族が住む小島を治めるようになり、島の秩序を維持するために魔法を使っているのである。

『ゲド戦記』

　1968年にアーシュラ・K・ル・グウィンは『影との戦い』を刊行し、それに続き、『こわれた腕環』（1971年）、『さいはての島へ』（1972年）、『帰還』（1990年）、『アースシーの風』（2001年）を発表した。この4作やアースシーの世界を描いた短編小説は、若き魔法使いゲドの成長を追うものだ。このシリーズ（とくに第1巻）がこれ以降の作品におよぼした影響はきわめて大きく、たとえばごくふつうのヤギ飼いの少年だったゲドがひとりの魔法使いへと成長していく物語に、デイヴィッド・エディングスが描く主人公、ガリオンの姿が重なる。『ベルガリアード』シリーズの主人公ガリオンは、物語の進行とともに成長し、リヴァ王であり西方の大君主であるベルガリオンとなるのだ。

　ゲドは多くの少年たちと同じく我慢強くはなく、師である「沈黙のオジオン」の言いつけを破ろうとする。ゲドの野望と傲慢さは自身とその師を危険に陥らせ、このため彼は正しい魔法の使い方を学ぶために魔法学院に送られる。しかしここでもゲドの能力は1年生のなかでずば抜けており、危険な行為に走ってしまう。ライバルの生徒と争って死者の霊を呼び出そうとした彼の魔法は、「影」を世界に解き放つという最悪の事態を引き起

PART 3　　　　　　　　　　　　　物語のなかの魔法使い

こすのだ。これ以降語られる話の大部分は、影が世界に害をおよぼさないように、ゲドが影を捕らえ、倒そうとする奮闘の物語だ。

　ゲドは長い弟子時代にとても重要な教訓を学ぶ。魔法使いは「目くらましの術」で人や物の姿を変えることができるが、しかしこれはあくまでもそう見えるにすぎない。「本物の」姿かえの術を行なうためには、魔法使いは相手の真(まこと)の名を知っていなければならないのだ。

　多くの物語と同じく、『影との戦い』は自己発見の物語だ。ゲドは自分の未熟な呪文が解き放った影を追跡しなければならない。だがおのれの身を差し出し影とひとつになることでのみゲドは全きものとなり、世界に均衡を回復させることができるのだ。

　　　　ゲドは今、十五歳、
　杖を握る正式な魔法使いの高度な魔法を習うには
　　　　まだ幼すぎたが、彼が驚くべき早さで
　　目くらましの術を身につけてしまったのを見て、
　　　　　自身もまだ若い姿かえの長は、
　　間もなくゲドだけ特別に呼んで、本格的な
　　変身術について、あれこれ手ほどきし始めた。

────アーシュラ・K・ル・グウィン『影との戦い』
　　　　　　（清水真砂子訳）より

第 8 章　　　　　　　　　　　　　　本のなかの魔法使い

宇宙の魔法使いたち

　ジョージ・ルーカス監督の映画『スター・ウォーズ』シリーズは SF ではなく真のファンタジーだと言う人は多い。ファンタジーという観点からするとフォースは魔法であり、ジェダイの騎士はソーサラーで、フォースを使って呪文を生み出すのだ。映画のなかにはこれを証明する場面がいくつかある。『新たなる希望』では、宇宙ステーションのデス・スターに搭乗する提督が、ダース・ベイダーに「魔法で我々を脅すのはやめたまえ、ベイダー卿!」と言う。
　ゲドやガリオンと同じく、フォースの使い方を学ぶときのルーク・スカイウォーカーもあきっぽく不真面目だ。だが、ジェダイ・マスターのヨーダ——ダース・ベイダーと対峙する存在——から厳しく鍛えられて変わっていく。

『マジシャンズ』

　2009 年、レヴ・グロスマンは小説『マジシャンズ』を発表して大きな評判を呼んだ。書評家たちはこれを「セックスと暴力描写のあるハリー・ポッター」だと評した。グロスマンが語る物語は少なくとも表面上は、ポッターの世界と多くの相似点があるのは確かだ。ニューヨーク市に住む、成績優秀ではあるが満たされず疎外感を抱く高校生のクエンティン・コールドウォーターは不思議な世界に入り込み、ニューヨーク州北部にある秘密の魔法大学に入学する。ブレイクビルズという名の学校は、ローリング作品のホグワーツに似ているところがいくつかある。寮生活を送ること（ローリングの作品のように寮対抗杯はないが）、授業はむずかしいこ

PART 3　　　　　　　　　　　物語のなかの魔法使い

と、そして学生の魔法の能力は、ある程度親から受け継いだものである点だ。
　しかし——そしてこれはとくに大きな違いだが——グロスマンによると、魔法を学ぶことは厳しくもあり退屈でもある。あるとき、クエンティンと同級生たちは呪文を学ぶため数か月間南極に送られる。その間の授業は同じことの繰り返しで、退屈でつまらない。クエンティンが魔法使いになる過程には、ほかの小説に見られるような喜びはない。グロスマンの作品中では、魔法は大いなる努力で習得するテクノロジーであり、コンピュータのプログラムや家に電線を架設する方法を学ぶようなものなのだ。
　グロスマンはローリング作品やC・S・ルイスの『ナルニア国ものがたり』

> けれど魔術は、いろいろな感覚を
> フル活用した結果にすぎない。
> ヒトは、自分のもっている感覚を切りすててきた。
> いまでは視覚のほんの一部しか使ってないし、
> ものすごく大きな音しか聞かない。
> 嗅覚は、あきれるほど貧弱。味覚にいたっては、
> 極端な甘味と酸味しか区別できない……
>
> ——ヘカテの言葉
> マイケル・スコット『錬金術師ニコラ・フラメル』
> （橋本恵訳）より

など、いくつかの作品を参考にしている（作品中では、クエンティンが子どもの頃に読んだ、『ナルニア国ものがたり』を思わせるファンタジーのシリーズが重要なカギとなっている）。グロスマンはシリーズ続編として『マジシャン・キング（The Magician King）』、『マジシャンズ・ランド（The Magician's Land）』も刊行している。

　グロスマンの小説中の魔法使いが呪文をかける場合、ごく正確なしぐさを伴うなど、複雑な儀式を用いて行なうことがほとんどだ。ブレイクビルズに入学後のクエンティンはいく度か、学生と教授たちは、自分にはとてもまねできないような複雑な指の動きができると述べている。彼らは杖を使わず（「杖が魔法使いを選ぶ」ハリー・ポッターの魔法界とは別世界だ！）、一般にあまり呪文を口にしない。呪文自体は、他人の目がなければ手から発することができる。

　ブレイクビルズのカリキュラムに従い、クエンティンは南極大陸にあるブレイクビルズ・サウスから、およそ480キロ離れた南極点に向かった。南極では、とにかく凍死を防ぐ呪文で身を守るしかない。彼は自分に複雑な魔法をかけて南へと走り出す（南極点へと導くのも魔法だ）。3日間走り続けたクエンティンは、どうやら自分が餓死しかけていることに気づく。呪文で守られているため、身体が空腹を感じないのだ。

PART 3　　　　　　　　　　　　物語のなかの魔法使い

ベルガラスとポルガラ

　1982 年、デイヴィッド・エディングスは『予言の守護者』を刊行し、この作品は 5 巻におよぶ『ベルガリアード物語』シリーズの第 1 巻となった。このシリーズ完結の数年後、エディングスは 5 巻からなる第 2 シリーズを書きはじめ、同じ登場人物による『マロリオン物語』が出版された。

　ふたつのシリーズには次の作品がある。

『ベルガリアード物語』シリーズ　　　『マロリオン物語』シリーズ
◆『予言の守護者』　　　　　　　　◆『西方の大君主』
◆『蛇神の女王』　　　　　　　　　◆『砂漠の狂王』
◆『竜神の高僧』　　　　　　　　　◆『異形の道化師』
◆『魔術師の城塞』　　　　　　　　◆『闇に選ばれし魔女』
◆『勝負の終わり』　　　　　　　　◆『宿命の子ら』

　物語は若き王子ガリオンにかかわるものだ。ガリオンは西方の大君主、リヴァ王の正統な継承者であり、機が熟すまで身を隠して育てられている。ガリオン最大の敵は魔法使いではなく（だが魔法使いも十分たちが悪いし、ガリオンを傷つけようとする闇の魔法使いもいる）、邪神トラクだ。『ベルガリアード物語』シリーズは徐々にクライマックスへと向かい、ついにガリオンとトラクが対決する。その戦いからはどちらかひとりしか戻れないのだ。

　この物語の中心にいるのが魔術師のベルガラスとその娘ポルガラだ。ふたりは非常に高齢で、ベルガラスは 7000 年以上、ポルガラは 3000 年ほど生きている。とはいえポルガラの見た目は若く（25 歳くらいに見える）、とても美しい。ベルガラスは老人の外見だが、現在の見た目以上に老けることはないようだ。ポルガラはごくふつうの農婦になりきってガリオンを赤ん坊の頃から育てている。ベルガラスはガリオンの子ども時代に

第 8 章　　　　　　　　　　　　　　本のなかの魔法使い

ときおり農場を訪ねており、いつも、自堕落な老人そのものだ。彼は恥ずかしげもなく食べ物を盗み、大酒飲みでひげはそらず、つまりは、7000歳の魔法使いであるとうかがわせるようなところはほとんどない。

　物語は進み、ついにベルガラスとポルガラの真の姿が明かされる。多くの人はこのふたりの魔術師を伝説上の存在だと思っているが、実はふたりが西方の諸王国と東方諸国のすべての王に知られるほどの偉大な魔術師であることがわかるのだ。

　『マロリオン物語』のシリーズ完結に続きエディングスは、『魔術師ベルガラス』と『女魔術師ポルガラ』という、ベルガリアードの世界を舞台にした本を 2 冊刊行した(邦訳は『魔術師ベルガラス』が『銀狼の花嫁』、『魔術師の娘』、『王座の血脈』、『女魔術師ポルガラ』が『運命の姉妹』、『貴婦人の薔薇』、『純白の梟』の 6 分冊)。

娘は年をとらないという事実をだまってうけいれた。ポルの場合、
奇妙なのは、本当に変化が生じなかったことだよ。
ベルディンも双子もわしもそれなりに年をとっていた。しわがふえ、
白髪になり、品格のある風貌になった。だがポルはちがった。
……魔術師というのは人徳と英知ある風貌をしていることに
なっておる。しわや白髪はいわばその必需品だ。
が、白髪頭でしわだらけの女はしわくちゃ婆と呼ばれるのが
あたりまえで、おそらくポルはそれが気に入らなかったんだろう。

——ベルガラスの言葉
デイヴィッド&リー・エディングス
『魔術師ベルガラス②　魔術師の娘』
(宇佐川晶子訳)より

PART 3　　　　　　　　　　　　　　　　物語のなかの魔法使い

ハリー・ドレスデン

　たいていの魔法使いは、当然のごとく、古風な世界に住んでいる。ハリー・ポッターの魔法の世界でさえ、現代のイギリスを舞台にしてはいるが、コンピュータやEメール、スマートフォンやその他、日進月歩のテクノロジーは一切出てこない。ホグワーツでは、生徒たちは羽根ペンでノートを取る。それは必ずしも、羽根ペンが現代のボールペンよりもすぐれているからではなく、魔法には、昔の筆記用具のほうがふさわしいと思えるからなのだ。

　この例外が、ジム・ブッチャーの『ドレスデン・ファイル』シリーズの主人公、ハリー・ブラックストーン・カッパーフィールド・ドレスデンだ。現在、このシリーズは15巻を数える。

　シカゴに住むハリーは免許をもった私立探偵として仕事をし、本人が作中で語るところによると、電話帳に載る唯一の魔法使いなのだという。

　このシリーズのはじまりの頃には、ハリーはほかの魔法使いの存在を知ってはいるが、彼らと接触する場面はかなり少ない。シリーズが進むと

名前がもつ意味

　ハリー・ドレスデンのミドル・ネームはふたりの著名なステージ・マジシャンから採られている。デビッド・カッパーフィールド（1956年〜）とハリー・ブラックストーンだ。現実にはハリー・ブラックストーンはふたりいる。ハリー・ブラックストーン・シニア（1885〜1965年）とハリー・ブラックストーン・ジュニア（1934〜1997年）の父子だ。

第 8 章　　　　　本のなかの魔法使い

（とくに『眠れない夜（White Night）』）、ハリーは魔法の血を分けた家族と深くかかわり合うようになる。ハリーの母親のマーガレット・グウェンドリン・ルフェイは魔法使いであり、彼には魔法の世界に異父兄がいるのだ。

　このシリーズの大きな魅力は、ハリーを闇の社会にいてもごくまっとうな人間として描いている点だ。ハリーは警察と密に協力して仕事をする。もっとも、警察はハリーに対して大いに懐疑の目を向けているのだが。

　シリーズが進むうちに読者は、ドレスデンが住む魔法界の複雑な政治についてだんだん学んでいく。ドレスデンには「白の評議会」——魔法界の均衡を維持し、魔法使いが正しい魔法の使い方をしているか監視する組織——の監視人モーガンがついているが、掟破りはときどきあるようだ。こ

魔法は、それを使う人物が
どんな人間なのかを表わす。
その人間が心の奥深くに抱えるものを示すのだ。
持つ力をどんなふうに使うのかを見れば、
その人間の本質はわかる。

——ハリー・ドレスデンの言葉
ジム・ブッチャー『ドレスデン・ファイル　魔を呼ぶ嵐』
（田辺千幸訳）より

のほか、ヴァンパイアには「赤の法廷」または「白の法廷」というヴァンパイア独自の組織があり、フェアリーは「夏の法廷」または「冬の法廷」に従わなければならない。シリーズ後半でドレスデンは、魔法使いの「白の評議会」に対抗する「黒の評議会」の存在を疑うようになる。

　ドレスデンと白の評議会に属する魔法使いはみな、次の「魔法の7つの掟」に従っている。

　　第1の掟　人を魔法で殺してはならない。
　　第2の掟　人を変身させてはならない。
　　第3の掟　魔法で人の心を探る、または変えてはならない。
　　第4の掟　だれかをおのれの意志に従わせてはならない。
　　第5の掟　魔法使いが死霊術の研究または訓練をしてはならない。
　　第6の掟　時を操るのは違法である。
　　第7の掟　別世界のだれともなにとも取引きしてはならない。

　唯一この掟の適用を受けないのが評議会に任命されたブラックスタッフであり、魔法界の秩序維持のためなら、掟と、評議会自体の意思さえも無視する権利をもつ。

　こうした環境にあるため、当然、ハリーが魔法使い仲間を信じられないことも多く、シカゴ警察特殊捜査班の（特殊捜査班は超常的なものを含む事件の捜査を行ない、ブッチャーの作品から判断すると、こうした事件はウィンディ・シティ（風の街）、シカゴで起こる犯罪のかなりの部分を占めている）刑事であるカーリン・マーフィーの手を借りることが多い。

　とはいえハリーは一匹狼で、巨悪と戦いつつ、腐敗や味方のふりをした敵を相手に奮闘する。こうした点は往年の名作に登場する裏社会の善なる探偵と似ており、1940年頃のハードボイルド小説の探偵——レイモンド・チャンドラー作品の主人公フィリップ・マーロウや、ダシール・ハメットのサム・スペードとネッド・ボーモント——をほうふつとさせるのだ。

第 8 章　　　　　本のなかの魔法使い

　しかし多くの魔法使い（本書で見てきた魔法使いの大半もそうだ）は善の側にいるが、そうではない魔法使いもいる。

驕れる者久しからず

　傲慢さは、魔法使いが登場する物語の多くに共通するテーマであり、強すぎる自尊心は必ず魔法使いの驕りにつながり自身に災厄をもたらすことになる。とくに、生まれつき魔法使いが悪の種——ときには種よりも大きい——をもっているときには、必ずこうなってしまう。

　アメリカ人作家、クラーク・アシュトン・スミスの短編小説「暗黒の魔像」もそうした作品のひとつだ。ゾティーク大陸のウッマオスの街に住む、ナルトスという物乞いの少年がいた。ナルトスは無慈悲な王子ゾトゥッラが乗る馬に踏みつけられ、瀕死の状態になる。後遺症で片足をひきずるようになったナルトスは街を出て、隠遁生活を送る魔道士に助けられた。年老いた魔道士は少年に自分の魔術を教え、ナルトスはゾトゥッラへの憎悪を胸に、師の秘術をすべて習得する。

　その数年後、父の死後（ゾトゥッラが殺したとも言われている）に皇帝となったゾトゥッラは、ハーレムを作り、悦楽のみを求めて自堕落に暮らしていた。ある夜、ゾトゥッラが目を覚ますと、自分の宮殿の隣に立派な宮殿が建っており、大妖術師ナミッラがそこに住むことを知る。

　ゾトゥッラと廷臣たちはナミッラの宮殿で開かれる大宴会

に招待されて出かけていくが、彼らは捕らえられて縛られ、恐ろしい仕打ちを受けるのだ。

　自尊心が問題となるのはここだ。ナミッラは、もちろん、貧しい少年ナルトスが成長した姿だ。今や魔術の達人であり、復讐に燃えている。しかしここで、大魔王タサイドンが口をはさむ。

　余はこれまでずっとあらゆることでおまえを助けてきた……。しかしおまえのたくらむこの復讐に、余は加担せぬ。ゾトゥッラ皇帝は余に悪なることをなさず、それと知らぬまま余によく仕えておるからだ。それにクシュラクの民は、その堕落ぶりによって、余の崇拝者のなかでも群を抜いておる。しかるがゆえに、ナミッラよ、おまえはゾトゥッラと和して暮らし、物乞いの少年ナルトスになされた昔の悪行を忘れるがよい。
　（「暗黒の魔像」『ゾティーク幻妖怪異譚』収録、大瀧啓裕訳より）

しかし復讐することしか頭にないナミッラは大魔王の言葉に聞く耳をもたず、全身を甲冑で包むタサイドンの像にゾトゥッラの魂を閉じ込める。だがナミッラの復讐が成就しようとするまさにそのとき、タサイドンはゾトゥッラの魂をひと時自由にし、戦棍(せんこん)を手に取らせる。そして死を迎える直前に、ゾトゥッラは怒り狂った妖術師をその戦棍で

なぐり倒すのだ。

こうした、驕った魔法使いが一線を越えてしまい野望を砕かれる、という物語はほかにもいくつかある。たとえばル・グウィンの『影との戦い』のゲドは、自分の手にあまる呪文をかけようとしたために「影」を解き放ち、殺されかけるのである。

ラヴクラフトの魔法使い

ホラーおよびファンタジー小説家であるH・P・ラヴクラフトの周囲には、クラーク・アシュトン・スミスはじめ、オーガスト・ダーレス、ロバート・E・ハワード（英雄コナンを生んだ）、フランク・ベルナップ・ロングなど多数のアメリカ人作家が集まった。ラヴクラフト自身は、有名な闇の魔法使いをいく人か生み出し、とくに『チャールズ・ウォードの奇怪な事件』のジョセフ・カーウィンはよく知られている。

ラヴクラフトの数少ない著作（ラヴクラフトはおもに短編を書いた）の１冊であるこの小説は、20世紀初頭、アメリカのロードアイランド州プロヴィデンスが舞台だ。とはいえジョセフ・カーウィンが生きていた当時の、18世紀のプロヴィデンスのできごとを描く章が前半に数章ある。見た目は30歳くらいのカーウィンは、1692年（隣州のマサチューセッツでセイラム魔女裁判があった年だ）にプロヴィデンスにやって来た。しかし外見上は年をとらず、カーウィンは街の人々から奇異の目で見られるようになる。彼は商人という触れ込みだったが、ほんとうの仕事は実験室にあった。ここは錬金術の道具であふれており、書棚には「パラケルスス、アグリコラ、ヴァン・ヘルモント、シルヴィウス、グラウバー、ボイル、ブールハーヴ、ベッケル、シュタールの著書をはじめ、哲学、数学、科学に関する大量の書籍がそろっていた」。

街の人々はまた、ひとりの紳士とわずかな使用人しか住んでいない家に、驚くほど大量の食べ物が運び込まれることに気づいていた。さらに

PART 3　　　　　　　　　　　物語のなかの魔法使い

人々は、陸に上がった船乗りたちが、カーウィンと話しているところを目撃されたあとに姿を消すことが頻繁にあるのも知っていた。さまざまな話や噂が語られるようになり、この老人カーウィンは恐怖や嫌悪の対象となった。

そして1770年、100歳はゆうに超えているはずなのに、プロヴィデンスに来たときからいくらも年をとっているようには見えないカーウィンを脅威と見た街の人々は、ひそかに集まりカーウィンを排除しようと話し合った。カーウィンを襲撃する一団が組織され、カーウィンが実験室をおいているポートゥックストの農場や、カーウィンが住む少々怪しげな建物すべてを攻撃したのだ。この襲撃にくわわった者はだれも、この件について二度と口にはしなかった。しかし襲撃から戻った人々の服は嫌なにおいがして、顔や髪には奇妙な焼け焦げがあった。近所の人たちには金切り声や銃撃音が聞こえ、空に向かって上がる閃光が見えた。そして襲撃が終わると、老魔法使いカーウィンは息絶えた。

いや、街の人々は、そう思っていた。

すでに述べたように、この小説の大半は、カーウィンの子孫であるチャールズ・デクスター・ウォードがふとしたことから、祖先であるカーウィンの魂を生き返らせる話だ。カーウィンはいまだに、悪魔のような計画に執着していた。宇宙の究極の力を追い求めるカーウィンは、過去の偉人たちの知恵をすべて吸収しようとしていたのだ。だがついに、カーウィンはウォードの主治医であるマリナス・ウィレットに倒される。これも魔

法によるものだ。

　　外の庭で、犬が吠えだし、突如として、入江のあたりから冷風が吹
　き起こったときは、すでにウィレットが荘重な声音で、韻律正しく、
　呪文を唱えはじめていた。目には目を、魔力には魔力を——地下の洞
　窟内で学び得た教訓を、もっとも効果的に示すべきときだ！　マリナ
　ス・ビクネル・ウィレットの明晰な声が、一対の呪文の第二の部分を
　誦していた。その第一の部分は、ミナスキュール文字の筆者を呼び出
　した。いま唱えているのは、『巨竜の尾』、『降勢の宮』のしるしをい
　ただく第二の部分である。
　　　　　　　（H・P・ラヴクラフト「チャールズ・ウォードの奇怪な事件」
　　　　　　　　　『ラヴクラフト全集2』収録、宇野利泰訳より）

　呪文は効き、老魔法使いは床の上に崩れて散り、うっすらとした青緑色
のほこりだけが残った。

レイストリン・マジェーレ

　光と闇のはざまに立つ有名な魔術師がもうひとりいる。小説『ドラゴン
ランス』シリーズのレイストリン・マジェーレだ。
　『ドラゴンランス』は、『ダンジョンズ＆ドラゴンズ』を世に送り出し
たゲーム出版社 TSR の才能あるアーティストやゲームデザイナー、作家
たちが、1982 年から 1984 年にかけて作り上げた。ゲームの新たな可能性
を追求し、TSR 社は、当時は珍しかったロールプレイングゲームのルー
ルブックの出版やボードゲーム、ミニチュアゲームの販売、それに、人
間、エルフ、ドワーフその他の生物が悪のドラゴンの脅威と戦う世界を描
く小説の刊行を決めた。デザイナーのトレイシー・ヒックマンと編集者の
マーガレット・ワイスは、『ドラゴンランス』シリーズ最初の 3 部作であ

る『ドラゴンランス戦記』（邦訳は『廃都の黒竜』、『城砦の赤竜』、『氷壁の白竜』、『尖塔の青竜』、『聖域の銀竜』、『天空の金竜』の全6巻）を共同執筆し、1984年に刊行した。

　小説が一気に人気となった理由のひとつは、謎が多くひねくれ者のレイストリン・マジェーレという登場人物にあった。『ドラゴンランス』は共同作業による作品だったが、レイストリンの人物造形はつねに、ワイスがほとんどを受けもった。ワイスはヒックマンとの共同執筆でほかにも『ドラゴンランス』シリーズを刊行し、さらに、『魂の鍛錬（The Soulforge）』と『武装した兄弟（Brothers in Arms）』（ドン・ペリンとの共著）ではレイストリンと双子の兄キャラモンとの関係を描いた。

魔術師試験

　『ドラゴンランス』の世界では、魔法は先天性のものというよりも（魔法の遺伝はあるが）、学んで身に着けるものだ。レイストリンは、母親が未熟ながらもっていた魔法の能力を受け継ぎ、秘術を一心に学んだ。病弱だったレイストリンは魔術師試験「大審問」には合格したものの、その厳しい試練のせいで肌は金色になり、目は砂時計のようにくびれ、周囲のあらゆる人や物の死が見えるようになった。彼はまた、『ドラゴンランス』の舞台であるクリンにおける最強の魔術師ともなった。

　他の登場人物は仲間に対して忠実で、ドラゴンの支配を打破してクリンに平和をもたらしたいという気持ちから動いているが、レイストリンの行動のほぼすべては利己心によるものだ。

　「竜槍戦争」を描いた3部作では、レイストリンは、闇の大魔術師フィスタンダンティラスが所有していた古代の呪文書を自分のものにする。仲間にはなにも言わずにレイストリンはフィスタンダンティラスと取引きをして、自分の命をすすり取らせることと引き換えに呪文書を手に入れるのだ。これによってレイストリンは、本来の中立の魔術師（赤のローブをまとう）から悪の魔術師（黒のローブ）へと変わってしまう。

第 8 章　　　　　　　　　　　　　本のなかの魔法使い

レイストリンと『ダンジョンズ&ドラゴンズ』

　『ドラゴンランス』シリーズのレイストリンと他の主要な登場人物、
それに『ドラゴンランス』の物語自体が、D&D のゲームの制作打
ち合わせの過程でワイスとヒックマンが思いついたものだという噂
はよく知られている。ワイスもヒックマンもこれを何年にもわたって
強く否定し、登場人物や物語は、この小説の執筆を目的に、ふ
たりで話し合い練り上げたものだと述べている。

　レイストリンの人気はきわめて高く、ワイスとヒックマンは次の 3 部作
『ドラゴンランス伝説』（邦訳は『パラダインの聖女』、『イスタルの神官
王』、『黒ローブの老魔術師』、『レオルクスの英雄』、『黒薔薇の騎士』、『奈
落の双子』の全 6 巻）でレイストリンの物語を続けた。この 3 部作の舞
台はおもにクリンの遠い過去の時代であり、レイストリンと数人の登場人
物がそこにタイムトラベルし、魔術師レイストリンが神になろうとする話
が描かれる。そして神になれなかったレイストリンは奈落（アビス）に閉
じ込められ、ついには夢も見ない底なしの眠りに落ちる。
　『ドラゴンランス』シリーズ刊行から 20 年以上、レイストリンはファ
ンのあいだで他のどの登場人物よりも高い人気を誇ってきた。マーガレッ
ト・ワイスは、「子どもにレイストリンと名付けた」（レイストリンの性格
を思うと意外だが）と書かれたファンレターもあると語っている。
　光と闇、双方の魔法使いとその魔法を扱った書はまだまだ数えきれない
ほどある。しかし次章では、20 世紀と 21 世紀における映画やテレビの魔
法使いを見ていこう。

PART 3　　　　　　　　　物語のなかの魔法使い

第9章
映画とテレビのなかの魔法使い

> ファンタジーは頭のための
> フィットネスバイクのようなものだ。
> どこかに連れて行ってくれはしないが、
> 読めば頭のなかで
> どこにでも行ける。
>
> ——テリー・プラチェット

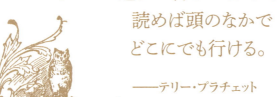

第 9 章　　　　　映画とテレビのなかの魔法使い

いかに安っぽく見えない作品に仕上げるか。映画監督やテレビ番組のプロデューサーにとっては、それが、ファンタジーや魔法をテーマとした作品を作るさいの最大の難関だった。1970年代以前には、これはきわめてむずかしい問題だった。特殊効果を利用した大作（たとえばレイ・ハリーハウゼン監督による、ヘラクレスやイアソンの冒険を描いた映画『アルゴ探検隊の大冒険』）もあるにはあったが、まだ特殊効果ではできないことも多かったからだ。

だがその後、『スター・ウォーズ　新たなる希望』（1977年）をはじめとする作品で斬新な特殊効果が導入される。そしてジョージ・ルーカス監督率いるインダストリアル・ライト＆マジック社がこうした技術を自在に使うようになると、ファンタジー好きの人々に満足のいく作品を提供する可能性は大きく増したのだ。ピーター・ジャクソン監督の『ロード・オブ・ザ・リング』3部作では、ファンはトロールやエントに心躍らせた。とくに、すべてCGI（コンピュータ生成画像）であるゴラムに活用したモーションキャプチャの技術はすばらしかった。

どれほど技術は進歩したのか。それを理解するためには草創期の映画を見る必要がある。

草創期

トーキー映画初期の映画製作はむずかしい仕事だった。音響技術はまだ初歩的なもので、カメラは信頼がおけず、ひとつのカメラから別のカメラへとカットを切り替えることもほぼ不可能だった（監督が異なるアングルで撮影したい場合は、複数のカメラでそれぞれのアングルから同時に撮影し、フィルムを切って編集する必要があった）。それでも監督たちはその当時から、神話と魔術の物語をどうにか映画で表現しようとしていた。

1932年には、フォックス・フィルムが『魔術師チャンドゥ（Chandu

the Magician)』を製作した。エドマンド・ロウ演じる政府の秘密諜報部員フランク・チャンドラーが魔術師チャンドゥとなり、世界を脅かす「隠れた悪」と戦う物語だ。チャンドラーはインドのヨーガ行者からヨーガやテレポート、魂を肉体から分離させるアストラル投射を学んでいたため、こうした魔術を武器に、チャンドゥはロクソール（前年に、映画で初めて黒衣をまとったドラキュラを演じたベラ・ルゴシ）と戦う。ロクソールは殺人光線を発する機械を手に入れ、これで世界征服を目論んでいる。チャンドゥは催眠術をはじめとする能力を使い、ロクソールを倒して殺人光線を発する機械を破壊するのである。

　フォックスはこの2年後に『チャンドゥの帰還（The Return of Chandu)』（『魔法の島のチャンドゥ（Chandu on the Magic Island)』のタイトルもつけられた）を製作し、闇の魔法組織と戦う魔術師を描いた。こ

『魔術師』

　『魔術師チャンドゥ』以前にも魔術師の映画は製作されている。W・サマセット・モームの小説を原作とする、1926年公開のレックス・イングラム監督作品『魔術師 The Magician』だ。魔術師オリバー・ハドゥが処女の心臓の血液を使って生命を生み出そうとする物語だ。チャンドゥと同じくハドゥは催眠術を使うことができ、無垢の女性（聡明な心臓外科医である主人公の婚約者）をかどわかして自宅に連れていくことに成功する。魔術師は実験室に女性を閉じ込めるのだが、もちろん、彼女はすんでのところで救出される。魔法ファンタジーと美しい女性に施術するマッドサイエンティストという、一風変わった組み合わせの映画だ。

第 9 章　　　　　　　　　　　映画とテレビのなかの魔法使い

の映画では、チャンドゥの能力がいくらか増大している。今や水晶玉をもち、はるかかなたのできごとが見える。また自身を見えなくする力ももっているのである。

60年代の剣

　1940年代から1950年代にかけて製作されたファンタジー映画はわずかだったが、1960年代になるとこのジャンルは増えはじめる。1962年にはユナイテッド・アーティスツが、ゲイリー・ロックウッド、エステル・ウィンウッド、それにベイジル・ラスボーン（魔法使いのローダックを演じる）が出演する『魔法使いの剣（The Magic Sword）』を公開した。魔法使いローダックが主人公ジョージが恋する姫をさらい、ジョージは、魔法の甲冑と剣と盾で身を守り、ローダックがかけた7つの呪いを破って恋人を救出しなければならない。最後にジョージが勝利するが、それは魔法の剣の力だけではなく、ジョージを育ててくれた魔女が力を貸してくれたおかげだった。

『王様の剣』

　1963年には、ディズニー映画『王様の剣』が公開された。アーサー王とマーリンの物語である、T・H・ホワイトの『永遠の王　アーサーの書』第1部をもとにした作品だ。この映画は比較的無名の声優が声を担当した（マーリンは、のちにTVドラマの『大草原の小さな家』でラルス・ハンソンを演じたことで知られる、カール・スウェンソンが担当した）。この映画は大半において小説に忠実であり、アーサーが剣を石から引き抜き、イングランドの王であると宣言する場面で終わる。マーリンは小うるさくて怒りっぽく一風変わっているが、ペットのフクロウ、アルキメデスと暮らす憎めない老魔法使いとして描かれている。

　このイメージは1940年公開のディズニー映画『ファンタジア』のなか

PART 3　　　　　　　　　　　　　　　　物語のなかの魔法使い

の、「魔法使いの弟子」部分の魔法使いのキャラクターとはまったく対照的だ。この魔法使いは、太い眉、突き刺すような目つきをして背が高く、威圧的で、恐ろしくさえある。これに対し、マーリンは愉快な老人だ。

　『ウィザーズ』（Wizards）

　ディズニー映画の魔法使いの多くは善の側にあり、『ファンタジア』のなかでミッキーをしかる師でさえも、ミッキーをほんとうに痛めつけようとはしない。二度と決まりを破らないように、ミッキーにぴしゃりと一発見舞うだけだ。

　だがアメリカのアニメーション作家ラルフ・バクシの『ウィザーズ』の

『ウィザーズ』はトールキンに対してアメリカ流に
敬意を表した作品です。
わたしはトールキンの作品を読み、
トールキンを理解している。
だからアメリカの子どもたちに向けて、
トールキン作品のようなファンタジーを作りたかった。
それが『ウィザーズ』なのです。

——ラルフ・バクシ

204

第9章 映画とテレビのなかの魔法使い

魔法使いは、こうしたタイプとは違う。バクシは、『フリッツ・ザ・キャット』など社会的関心を呼ぶ映画でアニメーションの限界に挑むことで有名だった。自身の作品の多くと同じように、バクシは『ウィザーズ』を、楽しいだけではなく社会問題を提起する映画にしたかったのだ。

『ウィザーズ』は核戦争による人類滅亡後の地球が舞台だ。そこにはふたたび精霊たち――フェアリー、エルフ、ドワーフ――が住むようになり、住民たちは、善と悪に分かれた魔法使いの兄弟の争いに巻き込まれる。悪の魔法使いブラックウルフは敗れて撤退するものの、ナチスの古いプロパガンダ映画を利用する。ブラックウルフとその軍隊の最終目標は、魔法がテクノロジーに勝ると信じる人々を排除することだ。

この映画で取り上げられたテーマのひとつが「多民族」だ。いくつもの種族（たとえばフェアリー、エルフ、ロボット）が団結して悪の魔法使いを倒すのだ。このアイデアは何度も繰り返しファンタジー映画で使われており、その最たるものが『ロード・オブ・ザ・リング』だろう。

バクシと『指輪物語』

1978年に、バクシは『指輪物語』3部作（物語の前半のみを描いた作品）を公開した。のちのピーター・ジャクソン監督の映画と物語の展開は似ているが、注目すべきはその撮影テクニックだ。いくつかのシーンは実写し、それをトレースしてアニメーションにしているのだ。映画は大きな成功とはならず、バクシは後半部分の製作を断念した。

剣と魔法使い

　1980 年以降の 20 年あまりの間に公開された魔法関連の映画は、上半身裸のむきむきの戦士、ぴちぴちの服を着た美女、それに魔法をひけらかす魔法使いが登場するものばかりだった。こうした作品は多数あるが、一部を挙げておこう。

◆『タイタンの戦い』（1981 年）
◆『ドラゴンスレイヤー』（1981 年）
◆『ミラクルマスター／七つの大冒険』（1982 年）
◆『コナン・ザ・グレート』（1982 年）
◆『ソーサレス Sorceress』（1982 年）
◆『マジック・クエスト　魔界の剣』（1982 年）
◆『銀河伝説クルール』（1983 年）
◆『キング・オブ・デストロイヤー／コナン PART2』（1984 年）
◆『マスターズ／超空の覇者』（1987 年）
◆『デルタ騎士団の冒険 Quest of the Delta Knights』（1993 年）
◆『ザ・コンクエスト』（1997 年）
◆『スコーピオン・キング』（2002 年）
◆『ソロモン・ケーン』（2009 年）

　同時期に公開された魔法使いの映画はほかにもあるが、ここに挙げたのは、剣と魔法の物語と、魔術、暴力、それにセックスという、ある意味ユニークな組み合わせの作品だ。

第 9 章　映画とテレビのなかの魔法使い

『コナン・ザ・グレート』

　剣と魔法というジャンルのモデルとなった映画があるとしたら、1982年公開のジョン・ミリアス監督作品『コナン・ザ・グレート』だろう。この映画はアメリカ人作家ロバート・E・ハワードの『英雄コナン』を原作としている。コナンは多数の短編作品や小説に登場し、「キンメリアのコナン」としても知られ、遠い過去の時代(「ハイボリア時代」)に生きる。

　コナンの物語は子ども時代にはじまる。コナンの村の住民は、魔法使いのタルサ・ドゥーム(ジェームズ・アール・ジョーンズが演じる)率いる略奪者の一団に虐殺されてしまう。そして少年コナンは捕らえられて奴隷となる。年月がたち、コナンはたくましく果断な青年に成長し、アーノル

> 我が子たちよ、
> そなたらは水となり、
> これまでの行いすべてを洗い流す。
> その手に我の光をもて。
> その光はセト神の目の輝きである。この炎は暗闇を焼きつくし、
> そなたらを楽園へと連れていく!
>
> ——タルサ・ドゥームの言葉
> 映画『コナン・ザ・グレート』より

ド・シュワルツェネッガーに「なる」。自由の身になったコナンはキンメリアを放浪し、仲間を集めて魔法使いに復讐して破滅させるのだ。

　この映画で、ミリアスはタルサ・ドゥームの設定を変更している。ハワードの小説ではドゥームはコナンではなく大王カルの宿敵だ。タルサ・ドゥームが初めて登場するのは1928年にハワードが書いた作品だが、これは1967年になってようやく出版されている。この作品中のドゥームは、「白い髑髏そのもののような顔で、その目には怒りの炎が燃えている」と描かれている。しかし、ミリアスがこの役にアフリカ系アメリカ人俳優をあてている点は興味深い。

　ドゥームは死霊術と占いの達人であり、捕らえた人々を催眠術で奴隷とする（ドゥームはハワード作品を原作としたコミックにも登場する）。

『マスターズ／超空の覇者』

　『コナン・ザ・グレート』とその続編の『キング・オブ・デストロイヤー／コナン PART2』も奇抜な映画ではあるが、『マスターズ／超空の覇者』はその上をいく。これはマテル社が発売する人気玩具シリーズをもとにした映画だ。主人公の名はヒーマン（He-Man、ドルフ・ラングレンが演じる）、敵は魔法使いのスケルター（フランク・ランジェラが演じているが、彼はよほど金に困っていたのだろう）、スケルターの側近にはイヴル・リンがいる。

　陰鬱な闇の魔王スケルターはフードをかぶっており、顔は骸骨だ。説明によると、肉体は燃えて骨だけが残ったが、魔法で骨の崩壊をくい止めているという。

　映画の第2弾が計画され、2014年に『グレイスカル／超空の覇者（Grayskull: Masters of the Universe）』の脚本が書かれたが、変更と修正が続き製作にはいたっていない。

第 9 章　　　　　　　　映画とテレビのなかの魔法使い

コミック版シリーズ

スケルターやヒーマンとその仲間たちは、1983 〜 1985 年まで続いたコミックのシリーズに登場した。このシリーズの基本設定はこうだ。ヒーマンは実際にはアダム王子であり、ランダー王とマレーナ王妃（地球人の女性）の息子だ。スーパーヒーローのならいとして、王子はなんの役にも立たない怠け者を装っているが、魔法の言葉「グレイスカルの力において!」を発すると、ヒーマンに変身するのだ。

『エクスカリバー』

　ハリウッドはついにこの魔法使いの映画に真剣に取り組みはじめ、1981 年に、ジョン・ブアマン監督による映画『エクスカリバー』が公開された。アーサー王伝説（第 4 章参照）の一部またはすべてをもとにした映画は多数あるが、『エクスカリバー』は少なくとも、トマス・マロリーの『アーサー王の死』で語られた伝説すべてを収めようとした初の作品だった。

　映画では、イギリス人俳優のニコール・ウィリアムソンが、恐ろしく、強力で、一風変わってはいるが慈悲深いマーリンを演じた。マーリンは愛におぼれ（マーリンとモーガナが恋人となる場面でよくわかる。結局、マーリンはモーガナの魔術に囚われているのだ）、ときには先が見通せないのだが、しかしアーサーの王国はマーリンの言葉通りとなる。

　この映画におけるブアマンの大きな功績は、非常に謎めいたシーンが多

PART 3　　　　　　　　　　　　　　物語のなかの魔法使い

第 9 章　映画とテレビのなかの魔法使い

> 時はなった。
> この瞬間を味わうのだ！
> 大いなる感謝をもって喜ぶがよい！
> 忘れてはならぬ、そなたらがここに集いしことを。
> そなたらはよい星のもとにいる。
> よく覚えておくのだ、そうだ……今宵、
> この大いなる勝利を。のちの世まで言い伝えよ。
> わたしはあの夜、あの場にいた、
> アーサー王とともに！と
> 忘れてはならぬ。
>
> ——マーリンの言葉
> 映画『エクスカリバー』より

いにもかかわらず、複雑な物語をわかりやすくし、またマーリンを、変わってはいるがふざけたところなどない人物に描いた点だ。ディズニー映画とは違い、この作品のマーリンは真摯に見るべき人物だ。最後には、モーガナに復讐したあと（マーリンは「召喚の呪文」でモーガナから若さを吸い取って醜い老婆とし、モーガナの息子のモードレッドはその姿を見ると恐怖に駆られ彼女を殺してしまう）、マーリンは夢と伝説の国へと消えていき、アーサーもそこに向かう。

PART 3 　　　　　　　　　　　　　物語のなかの魔法使い

ピーター・ジャクソンと
『ロード・オブ・ザ・リング』

　魔法使いが登場する映画は多いが、ピーター・ジャクソン監督がJ・R・R・トールキンの『指輪物語』を映画化した壮大な3部作、『ロード・オブ・ザ・リング』ほど印象に残る作品はない。ジャクソンはこの作品のあとに、トールキンの『ホビットの冒険』を原作とした『ホビット』3部作を製作した。

　この映画はトールキンの原作ファンにも、原作を読んだことのない人々にも広く称賛されている。3部作は原作の重要箇所を一部省略し、いくつか変更をくわえてはいるのだが、映画を観た人の大半は、トールキンが描いた世界を忠実に映画で再現していることに驚く。

　トールキンの作品を原作としたそれ以前の映画と比較すれば、これは大いに称賛すべき点だ。

アニメ版

　ラルフ・バクシがトールキンの『指輪物語』の前半を描いた1978年のアニメ映画についてはすでに述べたが、それ以外にも、中つ国をアニメ化しようとした作品がふたつある。

　1977年にはソール・バス・プロダクションズが、TV放映用アニメ映画『ホビット（The Hobbit）』を製作した。ビルボの声はオーソン・ビーン、ドラゴンのスマウグをリチャード・ブーン、ガンダルフはジョン・ヒューストンが担当した。子ども向けの作品であり、おそらくはそのために歌をたくさん挿入する必要があると考えたのだろう（だが公平を期して言えば、トールキンの『ホビットの冒険』にも、「道は続くよどこまでも」や「モミの木5本に小鳥が15羽」など、歌は多数出てくる）。

　今この映画を観れば耐え難いところもあるが、放映当時は非常に温かく受け入れられた。著名な監督でもあり俳優でもあるヒューストンはガンダ

212

第9章　　　　　　　　映画とテレビのなかの魔法使い

すべてを描くために3部作に

　『指輪物語』の実写映画製作にとりかかったとき、ジャクソン
と脚本担当のフラン・ウォルシュは2部作にするつもりで脚本を
書いた。前編で『旅の仲間』と『二つの塔』、後編で『王の
帰還』を描くものだ。ニュー・ライン・シネマ（ジャクソンの映
画の製作会社）との話し合いのなかで、同社幹部は、原作は
3部作なのだから映画も3部作にすればいいではないかと言っ
た。ジャクソンとウォルシュ、それにフィリッパ・ボウエンはその
通りだと、脚本の変更に着手したのだ。

ルフの実直な部分をしっかりと演じ、ガンダルフはドワーフたちとひとり
のホビットからなる一行をまとめ、東へと旅してドラゴンが奪った黄金を
取り返した。
　1980年には、トールキンの作品を原作としたミュージカルアニメ『王
の帰還（The Return of the King)』が放映された。ジョン・ヒューストン
は再度ガンダルフを、オーソン・ビーンはビルボを（フロドの声も）担当
した。バクシはトールキンの物語の映画化を断念していたため、このTV
アニメ映画はバクシの映画の続編だとみなされるようになった。この作品
も、観る人はこれでもかというほど歌──グレン・ヤーブロー（「ゴンドー
ルの吟遊詩人」を担当）によるもの──を聞かされた。
　2作品ともガンダルフが力と権威を備えた人物として描かれている場面
もあるが、大半はひょうきんな老人にしか見えず、トールキンが描くガン
ダルフよりもT・H・ホワイトのマーリンに近い。
　トールキン作品のファンのあいだでは長く、愛する物語の実写映画が製

213

PART 3　　　　　　　　　　　　　物語のなかの魔法使い

作されるという噂がささやかれていた。そして1999年に、3部作の映画の主要撮影がはじまったことが確認された。さらに3部作は同時に撮影が行なわれるというのだ。

　中心的役割をもつガンダルフ役に、ジャクソンはイギリスのベテラン俳優イアン・マッケランを抜擢した。マッケランはこの役を引き受けはしたが、過密なスケジュールになることを懸念した。彼は、ブライアン・シンガー監督らがマーベル・コミックのスーパーヒーローを映画化した『X-MEN』3部作でも、悪役マグニートーを演じていたからだ。

　ジャクソン、ウォルシュ、ボウエンによる脚本の撮影は1年以上をかけてニュージーランドで行なわれた。この地で行なわれた映画の撮影としては最大規模のもので、ミナス・ティリスの都市全体と、太古の丘の上にある、ローハン王セオデンの宮殿のセットが作られた。エキストラは何千人にものぼり、特殊効果や武器の製作、剣術の訓練その他に膨大な時間が使われた。

バルログとの戦い

　魔法使いのガンダルフには、映画全編を通して重要な役割を担う場面が多数あるが、おそらく一番印象に残るのがバルログとの対決だ。地下世界に住む悪鬼バルログと、モリアの鉱山にあるカザド＝ドゥームの橋の上で戦う場面だ。

　この時点で、モルドール国へと向かう旅の仲間は、霧ふり山脈を越えることを断念している。闇の魔法使いサルマンのスパイはすで

第 9 章　　　　映画とテレビのなかの魔法使い

魔法使いはみな同じ

イアン・マッケランはもちろん、『ロード・オブ・ザ・リング』で
ガンダルフを演じている。また『ハリー・ポッター』シリーズの
開始当初はリチャード・ハリス、ハリスが亡くなった 2002 年以
降はマイケル・ガンボンがダンブルドアを演じた。

「わたしはよくダンブルドアとまちがわれるんだ」とマッケラン
は語っている。「ガンダルフもダンブルドアも同じような見た目だ
からね」。ガンボンもガンダルフとまちがわれた経験がある。マッ
ケランは以前に、自分だと勘違いされてサインを求められたらど
うするか、とガンボンに聞いたことがある。「もちろん」とガンボ
ンは答えた。「あなたの名前でサインするよ」

に行き先を見張っており、切羽詰まったガンダルフは山脈を越えずに、そ
の地下の、長く廃墟となっているモリアの坑道を進むべきだと判断するの
だ。

そこで一行は、鉱山を奪回しようとしたドワーフの一団が、オークに皆
殺しにされているのを発見して恐怖に陥る。その直後に一行もオークに襲
われ、さらには洞窟のトロールも攻撃してくる。その攻撃から逃れたと
思ったちょうどそのとき、燃え上がる巨大な怪物が火の剣と鞭をもって現
われる。そして、外の安全な世界へと続く細い橋を渡りかけた一行を追い
かける。

ガンダルフは振り返り、その怪物、冥王モルゴスの配下であるバルログ
と対峙するのだ。「わしは神秘の火に仕える者。ここは渡れぬ」とバルロ
グは言う。

PART 3　　　　　　　　　　　　　　　物語のなかの魔法使い

　バルログが剣を振り上げたところで、魔法使いは杖を橋に振り下ろす。細い橋はバラバラになってバルログとともに奈落に落ちていき、観客は胸をなでおろす。

　だがはるか下からバルログが振り上げた鞭の先がガンダルフの脚を捕らえ、彼を岩の先端までひきずる。ガンダルフは岩にしがみつくものの、手がすべり、叫び声を残して落ちていくのだ。

　ここは、観客の気持ちを一気に映画に引き込む場面だ。それまでガンダルフは旅の仲間のリーダーであり、旅のすべてにおいて物事を決め、進める役割だった。だが旅のごく初期段階でガンダルフは姿を消してしまう。ガンダルフの力と知恵を失った一行は、西方の王の継承者であるアラゴルンをリーダーに、なんとか前進しなければならない。

　この場面は戦いの緊迫感を伝え、そしてまた観客は、このときの一行の恐怖をしっかりと感じとる。一行には足を止めてガンダルフを悼む間もない。モリアの東の門を通り抜け外に出てようやく、彼らは倒れた仲間のために涙を流すのだ。

　老魔法使いの死に驚愕したファンたちは、2002年に第2部『二つの塔』が公開されるとほっと胸をなでおろすことになる。ガンダルフは「白のガンダルフ」として生まれ変わり、悪のサルマンと、サルマンが住むオルサンクの塔で対決する。ガンダルフは以前よりも力が増し、2003年公開の第3部『王の帰還』では、善なる側を最後に勝利へと導くのだ。

『ダンジョン＆ドラゴン』

　1974年にファンタジー・ロールプレイングゲーム『ダンジョンズ＆ドラゴンズ（D&D）』が誕生して以来、魔法使いはそれに欠かせない要素となっている（第10章参照）。このため、このゲームをもとに製作された初の実写映画では、魔法使いが重要な役回りを務めるのも当然だった。とはいえ残念ながら、結果は芳しいものではなかった。

216

第 9 章　　　　　映画とテレビのなかの魔法使い

　2000 年公開の映画『ダンジョン & ドラゴン』は、ジェレミー・アイアンズを闇の魔法使いプロフィオンにあてた。プロフィオンは、ドラゴンを操る魔法の杖を手に入れようとする。プロフィオンの計画を阻むのが、ジャスティン・ワリンとマーロン・ウェイアンズが演じる二人組のあまりぱっとしない盗賊と、ゾー・マクラーレン演じる見習い魔術師だ。途中、この 3 人は盗賊やプロフィオンの配下にあるダモダー、骸骨やその他もろもろの生物と戦わねばならず、そしてドラゴンの大群まで登場し、プロフィオンと戦う場面でクライマックスを迎える。

　1980 年代から 1990 年代にかけて D&D のゲームが大きな人気を誇ったことを考えれば、この映画もそれを上回る成績を上げるはずだった。しかし誰が見てもアイアンズがこの役を真剣に演じていないのは明白で、作品の理解もいいかげんであるし、また他の俳優たちは脚本の不出来と平凡な特殊効果に足を引っ張られている。

PART 3　　　　　　　　　　　　　　物語のなかの魔法使い

その後の D&D の映画

D&D 関連の製品の製造、販売をてがけるウィザーズ・オブ・ザ・コースト社との契約履行のために、D&D の映画はこのほか 2 作品が製作された。その『ダンジョン & ドラゴン 2』（2005 年）と『ダンジョン & ドラゴン 3　太陽の騎士団と暗黒の書』（2012 年）はどちらも魔法使いが登場する TV 映画であり、そしてどちらも批評家からは酷評された。今後も D&D の映画が製作されるという話もあるが、それは、ウィザーズ・オブ・ザ・コーストを買収したハズブロと、その他さまざまな係争当事者との法廷闘争の結果次第だろう。

テレビの魔法使い

　テレビのなかの魔法使いは、映画と同じ問題に悩まされている。魔法の呪文は本物だと思わせるようなものでなければならず、そうでないとただのおふざけに見えてしまうのだ。魔法使いは 1960 年代に、『奥さまは魔女』などのホームドラマにときおり登場するようになるが、魔法使いをまじめにとらえる視聴者などいなかった。

　だが 1980 年になると——いくらかではあるが——状況は変わっていた。1981 〜 1982 年のシーズンに、アメリカの CBS は『ミスター・マーリン（Mr. Merlin)』を放送した。20 世紀を舞台に、助手を使わないとやっていけないマーリンを描いたコメディだ。マーリン（バーナード・ヒューズ）は怒りっぽくて気難しく、これに対し助手のザック（クラーク・ブラ

218

第 9 章　　　　　　　　　　　映画とテレビのなかの魔法使い

ンドン）は熱心だがへまばかりする。このホームドラマにはそれなりにお
もしろい場面はあったものの、視聴率を獲得するのには失敗した。

　CBS の幹部はあきらめるつもりなどなく、1983 年にはジェフ・コナウェ
イを主役にすえた『魔法使いと戦士 (Wizards and Warriors)』を製作した。
ベテランのイギリス人舞台俳優クリーヴ・レヴィルが、主人公のエリク・
グレイストーン王子を執拗に破滅させようとする闇の魔法使いヴェクター
を演じた。脚本はドラマとコメディが入り交じり、それにわざとらしい演
技がくわわるという代物だった。

　批評家はウィットに富んでいると評したものの、視聴者の心をとらえる
ことはなく、シーズン終了時に打ち切りとなった。

アニメ版『ダンジョンズ＆ドラゴンズ』

　1980 年代初頭は、ゲームの『ダンジョンズ＆ドラゴンズ』が人気絶頂
期にあった。だから 1983 年に CBS が、人気のロールプレイングゲームを
もとにしたアニメを放送開始したのも当然のなりゆきだった。架空の世界
が舞台のゲーム版 D&D とは違い、アニメ版では遊園地の乗り物に乗った
友人 6 人が、魔法で、5 つの頭をもつドラゴン、ティアマットに脅かされ
ている世界へと移動する。さらには強力な魔法使いヴェンジャーも危険な
存在だ。

　6 人はそれぞれ、レンジャー、騎士、盗賊、魔術師（この場合は魔法使
いというより奇術師に近い）、曲芸師、蛮族という D&D の「クラス」と
なる。彼らの敵ヴェンジャーは堕落した魔法の使い手で、その呪文はつね
に D&D のルールブックに従っているわけではないが、それでも強力で危
険だ。

　わざとらしく大げさなところはあったが、この番組はヒットし、2 年間
続いた。今日も、D&D ファンの多くにとっては懐かしい人気アニメだ。

PART 3 　　　　　　　　　　　　　物語のなかの魔法使い

『バフィー〜恋する十字架〜』と
『チャームド〜魔女3姉妹〜』

　少しあいだがあくが、1990年代になると、魔法と魔法使いがテーマの番組がテレビに戻ってきて人気を呼んだ。なかでも人気が高かった番組がふたつある。サラ・ミシェル・ゲラー主演、1997〜2003年にワーナー・ブラザース・テレビジョン（WBTV）とユナイテッド・パラマウント・ネットワーク（UPN）が放送した『バフィー〜恋する十字架〜』と、シャナン・ドハーティ、アリッサ・ミラノ、ホリー・マリー・コームズ主演、1998〜2006年にWBTVで放送された『チャームド〜魔女3姉妹〜』だ。

『バフィー〜恋する十字架〜』

　1992年に公開された吸血鬼と戦う女子高校生の映画がほどほどの成功を収め、そのTVドラマ版として製作された。そしてこのドラマは、製作総指揮のジョス・ウェドンの明確なビジョンのおかげで大ヒット作となった。アメリカのごくふつうの女子高生だったバフィー・サマーズは、吸血鬼とその他さまざまな生物のスレイヤー（ハンター）だということが判明する。彼女をサポートするのは、変わり者やオタクではあるが、ザンダー・ハリス、ウィロー・ローゼンバーグ、コーディリア・チェイスなど信頼のおける高校の遊び仲間と、彼女の「後見人」であるルパート・ジャイルズだ。

　ウィローはドラマの開始当初はグループのブレーンで、情報収集役の内気なオタクの生徒だ。しかし第2シーズンの終わりには、ウィローは攻撃性が増すばかりか魔法の勉強をはじめ、ついには一人前の魔女になった。魔術の腕を磨いて力をつけたウィローは、怪物を倒す力がバフィー並みになる。シリーズの最後では、まちがいなくスレイヤーよりも強力で、そのつもりにさえなれば世界を破壊することも可能だ。

　ドラマのなかではウィローがどうやって魔術を使っているのかすっかり

第9章　　　　　　　　　映画とテレビのなかの魔法使い

明らかにされたわけではないが、ウィローは伝統的な魔法に用いられる呪文や物質要素を使っており、また魔術を使うと体力を消耗するというせりふもある。バフィーの世界では魔術を使うのはたいていは女性であるため、ウィローが登場人物のひとりとレズビアンの関係になると魔女の能力が大きく増すのも興味深い。

『チャームド〜魔女3姉妹〜』

『チャームド〜魔女3姉妹〜』も、女性がもつ魔法の力を見せつけた。このドラマでは、主役は魔女（witch）たちだ（ハリー・ポッターでもそうだが、魔法使いが女性の場合を除いては、魔法使いを意味する「witch」と「wizard」に大きな区別はない）。

ハリウェル家の3姉妹は、自分たちが長く続く魔女の家系に連なることを知る。3人は「影の教典」と呼ばれる呪文書をもっており、悪魔や悪のウォーロック、その他さまざまな生物や敵と戦うときにこれを使う。それにくわえ、3人とも、それぞれに特殊な能力（予知、テレキネシス、人や物の動きを停止させる「凍結」）をもっている。

『チャームド〜魔女3姉妹〜』の交代劇

長女のプルー・ハリウェルを演じたシャナン・ドハーティは共演俳優たちとうまくいかないことが多く、このドラマでもそれが露呈した。2001年にはドハーティと、三女のフィービーを演じたアリッサ・ミラノがきわめて険悪な関係になっていたため、ドハーティはこのドラマから降板し、ローズ・マッゴーワンと交代した。マッゴーワンは、それまで存在を知られていなかったという設定の、ハリウェル家の四女ペイジを演じた。

PART 3 物語のなかの魔法使い

　3姉妹がもつ魔法の力は遺伝によるものだが、どういう特殊能力をもつのか最初からわかっているわけではない。ドラマ後半のエピソードでは、ペイジが「影の教典」で処方を学んで魔法薬のエキスパートとなった。ほかの架空の魔女や魔法使いが調合するものとほぼ同じで、魔法薬には変わった材料が必要だ。実際、呪文が複雑なほど、その材料も奇妙なものになる。

『ウェイバリー通りのウィザードたち』

　2007年から2012年までディズニー・チャンネルが10代向けに放送したドラマが、セレーナ・ゴメス、デヴィッド・ヘンリー、ジェイク・T・オースティンが出演する『ウェイバリー通りのウィザードたち』だ。魔法の力をもつ3人の子どもたちは、両親とともにマンハッタンに住み、表面上はごくふつうに暮らしている。しかし3人の父親は元魔法使い（ウィザード）であり（母親はふつうの人間）、3人のうちその魔法の力を受け継ぐことができるのはひとりだけだ。

　この家族（ルッソ家）が住むふつうの人間の世界と並行して魔法の世界があり、3人はときどきそこを訪ねて助言や指導、支援を受けることができる。「運命のウィザード・テスト」というタイトルの最終話は1000万人が視聴し、視聴者は、セレーナ・ゴメス演じるアレックスがルッソ家の魔法使いになるのではないかと予想した。

　魔法や魔法使いを取り上げた多くのドラマと同じく、『ウェイバリー通りのウィザードたち』からもコンピュータゲームが生まれた。そこで次の章では、コンピュータゲームと、それが生まれるきっかけとなったファンタジー・ロールプレイングゲームを見ていこう。

222

第 10 章

ゲームとコミックの魔法使い

21世紀に入ってからの20年たらずで、ゲームとコミックはわたしたちの文化の中心的存在となった。日本ではマンガがすでに大きな文化となっており、アメリカその他の国々にも広がっていることはすでに述べた（第6章参照）。アメリカのコミックも20世紀末に徐々に注目を集めるようになり、21世紀に入ってからも成長を続けている。

またコンピュータゲーム業界（本書では、家庭用テレビゲームやPCゲーム、オンラインゲームなどを含めてコンピュータゲームとする）も、21世紀になる頃にはその存在を社会に認められるようになった。家庭用ゲーム機はどこの家庭にもある。ゲームはもう10代の少年だけのものではなく、また、ゲームセンターのゲーム機で遊ぶだけのものでもない。事実、アメリカのエンターテインメントソフトウェア協会によると、2013年の、コンピュータゲームをプレイする人々の平均年齢は30歳であり、アメリカ人の半分以上がコンピュータゲームをプレイし、少なくとも1台はゲーム機を所有しているという。性差も小さくなり、プレイする人の45パーセントは女性で、18歳以上の女性のほうが17歳以下の少年よりもプレイ人口は多い。ゲームに対する目も変わってきている。親も子どもたちと一緒にゲームを楽しみ、そしてゲームでは子どもに負けてしまうこ

とも多い。またゲーム自体が、シンプルな内容だった『パックマン』の開発者には思いもよらないほど複雑に進化している。今や、アクション、パズル、シミュレーション、トリビア、ソーシャルゲームなどなど、ジャンルもさまざまだ。ファンタジー系のロールプレイングゲーム（RPG）では物語も芸術的演出もすばらしく、心に残る世界と、実在の人物であるかのようなキャラクターを楽しめる。そしてその世界では、魔法使いはつねになくてはならない存在だ。

『ダンジョンズ＆ドラゴンズ』

コンピュータゲーム発展の歴史と、とくに、ゲームの多くで魔法使いと呪文が大きな役割をもつ点を十分に理解するためには、ゲーム史上もっとも重要なテーブルトークRPGとされる『ダンジョンズ＆ドラゴンズ』までさかのぼる必要がある。

ゲイリー・ガイギャックスとデイヴ・アーネソンが1970年代に開発した『ダンジョンズ＆ドラゴンズ』は、コミック・ブック文化の流れをくむものだ。1974年に発売されるとこれまでにないヒット商品となり、ウォーゲームのコミュニティに足場を築き、とくに高校生や大学生に人気を博した。そしてD&Dが人気を呼んだことで、ほかにも多数のテーブルトークRPGが生まれた。それらの多くは映画やコミックのシリーズのスピンオフ作品で、『ジェームズ・ボンド』や『ゴーストバスターズ』など単発ものや、『スター・トレック』などシリーズ化したもの、またDCコミックスやマーベル・コミックスといったアメリカン・コミックの世界から生まれたものなどがあった。D&D発売から40年後の2014年夏に、現在の所有者であるウィザーズ・オブ・ザ・コースト社は、D&Dのコアルールブック第5版を発売した。

今日のコンピュータゲームにはファイアボールが破裂したり呪文がはじけたりという、目をみはるような特殊効果が使われている。だが、D&D

第 10 章　　　　　　　　　ゲームとコミックの魔法使い

にそんなものは一切ない。友人のグループがテーブルにつき、その前には紙と鉛筆がある。それぞれが小さな多面体ダイスをいくつももっており、テーブルの一方にはダンジョン・マスターが座っていて、自分の紙とダイスはマスタースクリーンのうしろに隠している。そしてダンジョン・マスターが冒険のシナリオを読み上げる。それがこのゲームだ。

「オーケー、一行は幅3メートルの狭い回廊にいる。たいまつの灯りで、前方に分かれ道があるのがわかる。左右どちらに進みたい？」

「そうだな……左にしよう。だが呪文を用意して！」

「分かれ道を左に進む。前方は暗闇があるだけ。右手からはガサゴソ音が聞こえる」

「ぼくがそっちを見てみよう！」

「君が調べに行くと、暗闇からミイラがよろめき出て、君をつかもうと腕を伸ばす」

「マジック・ミサイル！　マジック・ミサイル！」

「よし、20面ダイスを転がして」

PART 3   物語のなかの魔法使い

　1970年代から1980年代にかけて、何百万人もの子どもたちがこんなふうにして遊んだ。家の地下にある娯楽室に集まり、ミイラやゾンビ、オークやコボルド、そしてもちろんドラゴンと戦って冒険したのだ。

自分で冒険を作る

　D&Dのアイデアは、ガイギャックスやアーネソンが楽しんだ、ミニチュア模型を使った中世がテーマのウォーシミュレーションゲームから生まれたものだった。とはいえ従来のウォーゲームは、プレイヤーが軍隊の代わりにそれぞれのミニチュアのキャラクターを動かしてプレイするものだったが、D&Dはこれとは違った。プレイヤーは「キャラクター」（プレイヤーの分身）を作成して、それにさまざまな特徴（能力、筋力、知力など）と技能（「ピッキング」や「言語の読み書き」など）をもたせるのだ。そしてこうしたキャラクターが、D&Dの製作会社が設定するか、ダンジョン・マスター（DM）が考えたファンタジーの世界へと冒険に出る。DMはキャラクターの出会いを導いたり、挑戦を提供したり、さまざまなモンスターとの戦いの審判を務めたりし（さまざまなダイスを組み合わせ

勝ち負けは存在せず、全員が勝者

　D&D—そしてRPGはどれもそうだが—のユニークな点は、勝者がいないところだ。プレイヤーたちは経験値を積み上げ（それにより能力が強化される。経験が増すほど、なんらかのものを得、それが向上するのだ）、より多くの障害と出合ってそれに挑戦する。ゲームが終了するのは、プレイヤーたちが飽きたときだ。数十年も続いているD&Dもあるくらいだ。

226

第 10 章　　　　　　　　　　ゲームとコミックの魔法使い

て転がし、結果を判定する）、またプレイヤー・キャラクターを（DM が操る）ノンプレイヤー・キャラクターと出会わせる。ゲームが進行するなかで、プレイヤーはキャラクターの経験値を稼ぎ、この経験値を使ってさまざまな能力を身に着け、自分の分身の力を増す。

　プレイヤーが選ぶ「クラス」はいくつかあるが、なかでも重要なクラスであるウィザード（魔法使い）は、専門化する魔法の系統を決める。これによってひとつの魔法の系統では強い力を得るが、選べる呪文の種類は減る。しかしウィザードはスペルキャスター（呪文使い）だけではなく、賢人、発明家、秘術を研究する科学者でもあるのが一般的だ。ほかのゲームでも見てきたように、ウィザードは伝説や物語、歴史上の魔法使いをもとに生まれたクラスであり、こうした性質は、たとえばクレリックやドルイド、モンク、サイオン、ソーサラーなど、D&D に登場する他の魔術を使うクラスとは異なる。

　D&D 第 4 版では、ウィザードが専門化できる魔法の系統は 8 つある。

◆防御術：防御や障害、追放　◆召喚術：モンスターや物質を呼び出す
◆占術：情報を明らかにする　◆力術：力を操作する
◆幻術：感覚を惑わせる　　　◆死霊術：生命力を操作する
◆変成術：生物や物を変化させる
◆心術：魔法でターゲットを魅惑したり、ターゲットの行動に影響を与えたり、行動を制御したりする

この系統に分けられないユニバーサル呪文と呼ばれる呪文がいくつかあり、それもすべてのウィザードが使える。また次のような、上級クラスのウィザードもいる。

◆アークメイジ　　　　　◆メタマインド
◆セリーブレマンサー　　◆パイロキネティシスト
◆ハイエロファント　　　◆ソーマタージスト
◆ローアマスター　　　　◆コズミック・デスクライヤー

　D&D のウィザードの呪文の入手と呪文発動の仕組みは、ゲーム中の魔法使いのなかでも独特だ。新しい呪文の大半は、巻物から呪文書に書き写すことで取得できる。この方法を使えば、ウィザードは呪文を見つけたら、取得可能な呪文ならばいくつでもマスターできる。

　ウィザードは、多用途の秘術魔法を幅広く蓄積することができるが、呪文発動の前には準備が必要だ。静かでくつろげる場所を用意して学んだり瞑想したりする必要があり、そうすれば発動させるまで呪文を精神にしっ

新版には新ルール

　何年ものあいだに D&D は新版がいくつも発売され、そのたびにルールが一部変わった。ウィザードは版が変わってもずっとプレイヤーのクラスとして残り、とはいえ、ウィザードの行動を決める一定のルールは変更された。2014 年には、D&D の版権をもつウィザーズ・オブ・ザ・コーストが、新版の D&D 第 5 版を発売した。

かりと「留めて」おける。呪文を発動させたいときは、記憶のなかから呪文を呼び起こすためトランス状態にあるように見えることが多い。呪文の用意ができたら、発動させるための作業をすべて行なう。神秘的な言葉を詠唱し、秘術の物質要素を利用し、あるいは奇妙な手の動きを使うのだ。どの要素も正確に行なわないと、呪文の言葉をまちがえたり不発に終わったり、まったく違う呪文を発動させたり、まったく発動しなかったり、ということになる。呪文発動の必要がある場合にはこうしたルールを実行しさえすればよいため、これはいたって簡単で効率のよい方法だ。だがこれには、ウィザードが準備していない呪文は発動できず、一度発動した呪文は再度準備しなければならないという弱点もある。これはウィザードの力に制限をくわえる要素だ。ウィザードが先を見る力を向上させることができれば、問題解決能力を強化すれば、自分のおかれた状況にどの呪文が一番効果があるか予測することも可能だ。

D&Dの有名なウィザード

D&Dでは、ダンジョン・マスターが自身で冒険を作り出すか、ゲームの背景世界を設定したキャンペーンセッティングを利用することもできる。キャンペーンセッティングは架空の世界を背景としており、D&Dは長年にわたり、いくつものキャンペーンセッティングを発表している。なかでもよく知られているのが、「グレイホーク」、「フォーゴトン・レルム」、「ドラゴンランス」の3つだ。砂時計の目をもつ、ひねくれ者の闇の魔術師レイストリン・マジェーレが登場す

PART 3　　　　　　　　　　　　　　　物語のなかの魔法使い

るドラゴンランス（第1章参照）と、シャドウデイルの賢者エルミンスター
と「ブラックスタッフ」ケルベン・エアランサンが住むフォーゴトン・レ
ルム（第1章参照）については取り上げた。だが『ダンジョンズ＆ドラ
ゴンズ』で非常に有名なウィザードがもうひとりいる。最古の世界の住人
だ。

グレイホークのモルデンカイネン

　モルデンカイネンは、ゲイリー・ガイギャックスが自分用に作ったゲー
ム世界「グレイホーク」で分身として生み出した架空のウィザードだ。
つまり、モルデンカイネンはD&Dに継続して登場するキャラクターのな
かで一番の古株だ。ゲイリー・ガイギャックスが会社の運営でもめて、
1985年に『ダンジョンズ＆ドラゴンズ』の販売権をもつTSR社から追
放されると、彼は、モルデンカイネンをはじめ、自分が創り出したキャラ

D&Dの世界とウィザード

グレイホーク、ドラゴンランス、フォーゴトン・レルムだけがD&D
のキャンペーンセッティングの世界ではない。40年以上におよ
ぶD&Dの歴史において、プレーンスケープ、エベロン、ダー
クサンなど、ほかにも多くの世界が生まれている。キャンペーン
セッティングのひとつであるミスタラは、半ば独立した数グルー
プのデザイナーが、D&Dの世界を構成する異なる文化や国の
創作をそれぞれ担当し、それを組み合わせた作品だ。そのなか
のアルファティア帝国には、ハーケンのハルデマール、テラ
リ、女帝エリアドナはじめ無数のウィザードがいる。

クター関連の権利を失った。

　モルデンカイネンは世界でもっとも強力なウィザードとして再設定され、拡張したグレイホークの世界のなかで、善悪にとらわれない多様な役割をこなしている。彼は、グレイホークの架空の世界オアースにある4つの大陸のひとつ、オアリク大陸の東端にあるフラネスの歴史における重要人物だ。モルデンカイネンの属性は中立であり、善と悪の均衡を維持しようとしている。彼は舞台裏から物事を操るのを好む。

　モルデンカイネンはグレイホークを広く旅しているが、一時期はグレイホーク市に住んでいたらしく、また彼は魔法使いの仲間とともに「八者の要塞」という結社を作った。しかし、エムリディ草原の戦いのあとにこれは解散した。

　モルデンカイネンが目指すのは、グレイホークの平和を維持することだ。この点においては、彼はフォーゴトン・レルムのエルミンスターと似ている。外見もそうだ（ふたりとも、意外ではないが、灰色のガンダルフとそっくりなのだ）。背は高く、長いブーツをはき、灰色の筋が入ったヴァン・ダイク髭をたくわえ、魔法の杖をもっている。ガンダルフ同様、モルデンカイネンも短気で、自分がもつ知識を多くは語らない。

コンピュータゲームの魔法使い

　コンピュータゲームは、自分たちで冒険を作っていく『ダンジョンズ＆ドラゴンズ』をプレイした経験から生まれ（コンピュータゲームのデザイナーの多くがD&Dの熱心なファンであるのも納得だ）、1980年代から1990年代にかけてテクノロジーの発達とともに成長した。冒険ファンタジーがテーマのコンピュータゲームが初めて着想を得て以降、ウィザードは必ず登場するキャラクターとなっている。

　ファンタジー系のゲームでは、D&Dと同様、プレイヤーは専門化した一定のスキルをもったアバター（分身）——一般に「クラス」と呼ぶ——

PART 3　　　　　　　　　　　　　　物語のなかの魔法使い

マナ・ポイントとマナ・コスト

　マナ・ポイントは、ウィザードが呪文を発動させるときに使う「魔力」の総量だ。どの呪文にもマナ・コストがあり、ウィザードが発動できる呪文の数は発動者がもつマナのポイントで制限される。呪文発動者のマナは一般に、時間の経過で自然回復するか、魔法薬を用いて回復させることが可能だ。マナを魔力の資源とする発想は RPG で生まれたもので、ラリー・ニーヴンのファンタジー小説『魔法の国が消えていく』から着想を得たと言われている。

　を使ってプレイする。通常、ゲームのウィザードは魔法の杖を使う。身に着けているのは布製のアーマー（防具）で、軽く、防御力がない。ウィザードは敵を狙って呪文を発動させ、ダメージを与える。呪文の発動には時間がかかることもあれば、瞬時のこともある。長い呪文は通常は強力であり、また触媒や魔法薬の使用が必要な呪文もある。呪文を詠唱しているときのウィザードは攻撃や呪文の妨害に弱く、このため無力化などの魔法で大勢の敵をコントロールする、いわゆるクラウドコントロールの呪文を使うことになる。多くのゲームで、ウィザードは魔法を使う資源となるマナを消費するため、連続して発動できる呪文の数が制限される。ウィザードは秘術で力を得、呪文の多くは魔法の系統に分かれている。この点は、闇と死の力を用いるウォーロックやネクロマンサーとは異なる。ウィザードの力の源泉である魔法のエネルギーの名称はゲームによって異なるが、基本原則は同じだ。ウィザードの力にはかぎりがあって無限大ではなく、力の回復には時間を要する。

第 10 章　　　　　　　　　　　　　　ゲームとコミックの魔法使い

敵を吹き飛ばす

コンピュータゲームのウィザードは、ダンジョンクロウラーと呼ばれるゲームの冒険で本領を発揮する。力のレベルが高くなっていくモンスターやトラップ、パズルをクリアし、より大きな財宝を集めることをおもなゴールとするゲームだ。ダンジョンクロウラーの祖である『ガントレット』（1985 年発売）では、プレイヤーが 4 つのキャラクターからひとつを選び、複雑になっていく多数の迷路を進みながらモンスターの群れと戦う。どのキャラクターにも独自の強みがある。ウォリアーは最強のキャラクターであり、ウィザードは魔法の攻撃力が最強、ヴァルキリーは防御力が高く、エルフは移動速度が最速だ。ウィザードのマジック・ミサイルはわずかでも当たればモンスターを倒せるが、ウィザードは耐久力が低く、慎重に行動しないとあっさりとやられることもある。業務用のアーケードゲーム機で大きな人気が出たため、『ガントレット』は、本来の発売元のアタリや任天堂をはじめ、14 以上の異なる家庭用ゲーム機に移植された。

現在第 3 版まで出ている『ディアブロ』（ブリザード・エンターテインメント社発売）など、ダンジョンクロウラーをきわめて高いレベルの内容に刷新したゲームもある。ダンジョンクロウラーの醍醐味は襲いかかってくる敵と戦うことにあり、敵は次々とやってくる。敵を倒すのはむずかしくはないが、プレイヤーが慎重に行動しなければすぐにコントロールできなくなる。『ディアブロⅢ』の戦闘は、とにかくターゲットを選んで、戦場をコントロールすることが重要だ。ウィザードのキャラクターには、戦場のコントロールに使用できる呪文が多数ある。ショック・パルス、アーケイン・トレント、フロスト・ノヴァ、ウェーブ・オブ・フォース、エナジー・アーマーなどなどだ。『ディアブロ』のウィザードは若く無慈悲な魔女であり、危険な秘術を求め、その力で戦場に恐ろしいまでの惨状をもたらす。

『ジ・エルダー・スクロールズ』は、アクション系、オープンワールド

233

のファンタジーゲームのシリーズで、詳細に作りこまれた世界観をもつことで有名だ。ダンジョンクロウラーの要素をRPGとうまく組み合わせたゲームだ。このシリーズの『モロウウインド』、『オブリビオン』、『スカイリム』は、ウェブサイトや雑誌が選ぶゲーム・オブ・ザ・イヤーを複数獲得している。最新版の『スカイリム』では一定の魔法能力をもつエルフやハーフエルフといった種族がいるが、このゲームには魔術師などキャラクター・クラスの選択はない。だがプレイヤーは魔術師ギルドに入り、魔法のスキルを上げることができる。近年発売された大規模多人数同時参加型オンラインゲームの『エルダー・スクロールズ・オンライン』には呪文使いのクラスとしてソーサラーがおり、闇の魔術を使ってクラウドコントロールし、敵にダメージを与えるのにくわえ、自然の力を利用し、また使い魔を召喚する。『ジ・エルダー・スクロールズ』の世界では、魔術師としての「ウィザード」は「マスターウィザード」より下、「ウォーロック」よりも上のランクだ。プレイヤーが出会うノンプレイヤー・キャラクターは多数いるが、なかでも、皇帝ユリエル・セプティム7世の「帝都の魔闘士」であるオカートと、ウィンターホールド大学のマスターウィザードであるミラベル・アーヴィンが二大魔術師だ。

悪役の魔法使い

小説やコミックと同様、コンピュータゲームにおけるウィザードが悪役である場合も多い。長期にわたって続くシリーズ『キングズ・クエスト』のマナナンは老人であり、少年をさらって奴隷にする闇のウィザードだ。マナナンはこのシリーズに登場する多数のウィザードのひとりにすぎないが、彼は何年にもわたりリュードールの国の絶対的支配者として君臨していることで知られる。リュードールではマナナンのもと、山賊や盗賊などの悪党が跋扈している。グラハム王の息子もマナナンの奴隷にされていたが、逃れてマナナンをネコに変え、グラハム王は彼（ネコ）を捕らえて豆の袋に閉じ込めた。マナナンの名はアイルランド神話における海の神「マ

第 10 章 　　　　　　　　　　　　ゲームとコミックの魔法使い

ナナン・マックリール」からとったものだ。

　任天堂のゲームではガノンドロフというウィザードが登場する。ゲーム
の古典『ゼルダの伝説』における典型的な悪役で、正統派のラスボスだ。『ゼ
ルダ』もまた、ダンジョンクロウラーと RPG とのあいだに位置するゲー
ムであり、これをコンピュータゲーム版 RPG の先駆者と見る人もいる。

　ガノン（ガノンドロフはこう呼ばれることになる）は主人公リンクの敵
だ。悪役ガノンはハイラル王国を征服すべく、神にも似た力を求めてい
る。シリーズの作品ごとにガノンの動機は設定が異なるものの、ゼルダ姫
を捕らえ、トライフォースをすべて手に入れようとすることは共通する。
トライフォースは神々が遺した神器で、願いをかなえる強力な力をもつ。
また、マスターソードなど最強のウェポン以外では、ガノンを弱体化させ
ることはできない。ガノンは強力なソーサラーであり、魔法を使って攻撃
し、変身し、必要が生じれば剣術の腕も見せる。身体が大きい割には動き
がとても俊敏で、剣や弓矢の攻撃をかわすことができる。トライフォース
はガノンをさらに強力にし、瞬間移動の能力や超人的な強靱さをもたら
す。城全体がガノンの上に崩れ落ちて重傷を負っても、剣で刺し貫かれて
も死んでいない。ガノンはマスターソードでとどめを刺すことでのみ倒せ

日本からアメリカへ

　日本文化がアメリカに大量に輸出された当時の 1986 年に、任天
堂は初代『ゼルダの伝説』を発売した。この作品は当初、宮本
茂と手塚卓志というふたりの日本人デザイナーが中心となって開
発したものだった。『ゼルダの伝説』は、初期のコンピュータゲー
ムにおける最重要作品のひとつとみなされている。

るが、そうした場合にもガノンの手下が復活させることもある。ガノン
が、『ゼルダの伝説』シリーズの多数の作品で悪役として登場できるのも、
こうした理由による。

MMORPG と没入型のゲーム

1999 年、アメリカ全土のゲームプレイヤーが、それまでにない経験を
していた。新しいタイプのコンピュータゲーム『エバークエスト』が登場
したのだ。『エバークエスト』は大規模多人数同時参加型オンライン RPG
（MMORPG）であり、ゲームの背景世界は、プレイするたびに違って見
えた。

このゲームでは世界各国のプレイヤーがサーバーを介してつながり、各
プレイヤーの PC スクリーンにプレイヤーたちのアバターが出現した。こ
のアバターは交流することも、対戦することも、あるいは連帯してモンス
ターと戦うこともできた。つまりは、世界各地にいるプレイヤーが、一緒
に『ダンジョンズ＆ドラゴンズ』のゲームをプレイしているようなもの
だった。

『ルーンスケープ』や『ウルティマオンライン』といった、カスタマイ
ズやキャラクターのクラスに制限があった初期の MMO でさえ、魔法はプ
レイするうえで大きな要素だった。『エバークエスト』は MMO で初めて
大きな人気を博したゲームのひとつであり、魔法を使うクラスが、ウィ
ザード、マジシャン、ネクロマンサー、エンチャンターと 4 つもある。
ハリー・ポッター風のウィザード入門編といった内容は、近年になってか
らの、無料 MMO ゲームのトレンドだ。こうした家族で楽しめるゲームで
は、アバターがみななんらかのウィザードであり、他のウィザードやク
リーチャーと戦いながら自分のレベルを上げ、力を増していくという内容
だ。

『ファイナルファンタジー』はシリーズがもっとも長期化しているコン

第 10 章　　　　　　　　　　　　　ゲームとコミックの魔法使い

略語の ABC

ゲーム未経験者がゲーム特有の略語がわからないのも無理はない。簡単に紹介しよう。

◆ RPG
ロールプレイングゲーム。テーブルトークゲームにも、コンピュータゲームにも使われる。

◆ MMO
大規模多人数同時参加型オンライン。プレイヤーがサーバーを介して、それぞれのコンピュータでつながってプレイする。

◆ FPS
ファーストパーソン（本人視点）・シューター。本人の視点でアバターの視点が動く。

◆ TBS
ターン制ストラテジー　プレイヤーが順番にプレイする。

◆ RTS
リアルタイムストラテジー。　リアルタイムでゲームが進行する。

こうした略語を組み合わせて使うこともある。たとえば MMORTS とは、大規模多人数同時参加型オンライン・リアルタイムストラテジーだ。

ピュータゲーム（現在『ファイナルファンタジー XV』まで発売されている）のひとつで、シリーズ中 MMORPG が 2 作品ある。このシリーズでは登場人物や背景が入念に作りこまれており、複雑な展開を見せるコミック・ブックのプロットにも匹敵する。この SF もの RPG と言えるファンタジーのシリーズはスピンオフ作品も多数発売され、また映画やアニメ、印刷媒体その他、さまざまなメディアミックス作品を生んでいる。第 1 作は 1987 年に発売され、『ファイナルファンタジー』の大半の作品が独立したストーリーをもち、舞台設定も主要登場人物も異なっているが、同じシリーズの作品としてもつ共通の要素もある。

『ファイナルファンタジー』シリーズのウィザードは魔道士と呼ばれ、色で区別されている場合が多い。「黒魔道士」は攻撃的な魔法を使い、「青魔道士」は敵の技を使えるようになる。「赤魔道士」は白魔法と黒魔法を、

「魔術で人を殺すことはできるのか？」
ウェリントン卿がストレンジにたずねた。
ストレンジは眉をひそめた。
この質問が気に入らないらしい。
「できるとは思いますが、紳士はしません」

――スザンナ・クラーク
『ジョナサン・ストレンジとミスター・ノレル II』
（中村浩美訳）より

第10章　　　　　　　　　　ゲームとコミックの魔法使い

「召喚士」は召喚魔法を使える。「時魔道士」は時空を操作し、「白魔道士」は回復系の魔法を使う。「緑魔道士」は、仲間の能力を強化し、敵を弱体化させる「緑魔法」を行なう。シリーズを重ねるにつれ、「ウィザード」と言えば黒魔道士を意味するようになった。緑、黒、白魔道士の特徴をあわせもつ魔道士が登場する作品もある。

『ワールド・オブ・ウォークラフト』

『ワールド・オブ・ウォークラフト』（WoW）はオンラインゲーム史上もっとも成功した作品のひとつだ。世界で登録者数が1300万人に達したWoW は MMO のモデルとも言える。発売からすでに10年を超えたこのゲームの世界観のベースとなったのは、RTS ゲーム『ウォークラフト』だ。『ウォークラフト』がコンピュータゲーム業界に寄与したところは大きい。キリン・トアの指導者である魔法使いのジェイナ・プロウドムーアは『ウォークラフト』シリーズやノベライズ作品における代表的ウィザードであり、『ウォークラフト』シリーズの第3弾以降、主要なできごとのすべてにかかわっている。WoW のウィザード・タイプのクラスにはほかに、ウォーロック、シャーマン、闇の魔法を使う祭司などがいる。たとえばウォーロックは敵に対して火と闇の魔法を使う呪文使いで、悪魔（召喚獣）も召喚する。ウォーロックは、時間経過とともに徐々にダメージを与える DOT 魔法を使う「苦痛」、地獄の業火を使う「壊滅」、強力な悪魔を召喚して操る「悪魔研究」のタレントをもつ。

メイジ（魔法士）のクラスはすぐれたアタッカーとしての役割を担っている。さらに、「変身」と「フロスト・ノヴァ」の呪文でクラウドコントロールも行ない、プレイヤー対プレイヤーの戦いでは恐るべき力をもつ。火の攻撃を召喚して敵を焼き、アイス・ランス（氷の剣）で骨を砕き、アーケイン・ミサイルでターゲットを滅ぼす。しかし攻撃の呪文は強力だが、格闘は苦手だ。防具は布で、魔法薬や包帯を使わなければ自身を回復させる能力はない。メイジは各魔法の系統を強化する能力をもつ。

PART 3　　　　　　　　　　　　　　　　物語のなかの魔法使い

ゲームのなかの魔法使い

　テーブルトーク RPG であれコンピュータゲームであれ、ゲームにおけるウィザードの仕事は攻撃を行ない大きなダメージをもたらすことだ。敵に大量のファイアボールを放つ呪文をもたないウィザードは大きな戦力にはならない。とはいえウィザードは「ガラスの大砲」である場合が多く、大きなダメージを与える能力はあっても、ダメージを吸収することはできない。ゲームのウィザードが一般に、布のローブでしか身を守れないのもこのためだ。しかし、これとは異なるタイプのウィザードが登場するゲー

トレーディングカードゲーム

　1990 年代に爆発的人気を呼び、今も何百万人もの人々を魅了し続けているゲームがある。トレーディングカードゲーム（TCG）だ。ワシントン州の数学教授であるリチャード・ガーフィールドが生み出した TCG は、集めたカードでプレイヤーがそれぞれ独自のデッキを組み立ててプレイする。カードの各タイプは異なる長所、短所をもち、これを組み合わせてプレイし、相手を倒すのだ。

　世界初、そして最大規模の TCG が『マジック：ザ・ギャザリング』であり、世界で 600 万人以上がプレイする。ファンタジー世界を背景にウィザードであるプレイヤーが戦い、たがいに呪文を発動し、クリーチャーやアーティファクト（魔法の道具）を召喚して相手を攻撃する。相手のライフポイントを先にゼロにしたウィザードが勝利者だ。

第 10 章　　　　　　　　　　ゲームとコミックの魔法使い

ムも多数ある。たとえばコンピュータゲーム『ディアブロⅢ』のウィザードは、伝統的な魔法使いを思わせる丈の長いローブやマントに、浮彫りのある金属製のよろいを身に着けている。それでもウィザードは全クラスのなかで最低評価の装備しかもたない。装備をもちすぎると、アーケイン・パワーを使って敵を倒す妨げになるのだと思われる。

　『ディアブロ』の世界における「ウィザード」は単なる魔法使いではなく、特殊なタイプの呪文の使い手だ。『ディアブロ』を製作したブリザード社は、ウィザードについてこう解説している。「通常の魔法使いが好む慎重な道を捨て、その体をアーケイン・パワーの器として用いる背徳の呪文使い。ウィザードはありとあらゆる力を操って敵を分解したり、燃やしたり、凍らせたりでき、また時と光をコントロールして瞬間移動したり、強力な幻影を作りだしたり、敵からの攻撃をはじくことができる」

　コンピュータゲームもテーブルトークゲームも、ウィザードを呪文使いとして分類している。そしてゲームをはじめ、双方向性をもち視覚に訴えるメディアは、多彩なタイプのウィザードやその特技を生み出している。これは魔法使い伝承に対する大きな功績のひとつだと言える。アブジュラー、コンジュラー、イリュージョニスト、サイオニスト、カバリスト、バトルメイジ、アークメイジ。また本来は占い師の意味をもつ「〜マンサー」という語尾をもつものにはジェオマンサー、パイロマンサー、テレマンサー、クロノマンサーなどなど、今や数えきれないほどの魔法使いがいるのだ。

　ウィザードの種類を制限するものがあるとしたら、プログラマーやダンジョン・マスターの想像力くらいだ。コンピュータゲームのテクノロジーの進化が続くということは、この先もずっと、ゲームのなかでは多様なウィザードが生まれるということなのだ。

241

PART 3   物語のなかの魔法使い

仲間を回復させよ

仲間の傷を治療することができるクラスは、通常は、吟遊詩人、
クレリック、ドルイド、シャーマンといった魔術の使い手だ。魔法
の資源は攻撃系クラスと同じものだが、回復系クラスはこれで治
療を行なう。ウィザードはときには治療も行なえるが、ほかのクラス
に任せるほうが多い。

コミックの魔法使い

　ゲームの世界と近い関係にあるコミック・ブックも、数えきれないほど
のタイプの魔法使いや魔術師を誕生させている。コミック・ブックで展開
する物語は、カラーテレビや家庭用ゲーム機がない時代に子どもたちの想
像力をかきたてた。コミックは、ベビーブーマー世代にとって視覚的なイ
ンスピレーションを与えてくれるものであり、この世代は初期のロールプ
レイングゲームやコンピュータゲームを真っ先に経験した人々でもある。
　こうした世代の多くは、コミック全盛の時代を懐かしく思い起こすだろ
う。今日の子どもたちの大半がゲーム機をもっているのと同じように、
20世紀半ばの子どもたちの多くはコミック・ブックを何冊ももっていた。
こうした一定の世代にとって、コミック・ブックは今日のゲームと似た役
割を満たしていた。わかりやすく、視覚的イメージも豊かな、アクション
系アドベンチャーやファンタジーの物語を提供してくれたのだ。コミック
人気のあまりの高まりに、コミックを読むことが青少年の非行にむすびつ
くとまで言われたが、こうした懸念は、いつの時代も若者の流行につい

第 10 章　　　　　　　　　　　ゲームとコミックの魔法使い

てまわるようだ。コミック産業は 1950 年代以降ゆっくりと衰退している
という意見もあるが、しかし現実には、コミック・ブックの販売数はこの
数年で増加している。確かに、競合メディアや販売網の変化はコミック・
ブックの販売に影響をおよぼしたが、それでも何百万ドルも売り上げる産
業であり、またデジタル版の販売を入れると、2003 年から 2013 年にか
けての 10 年でほぼ 90 パーセントの増加を見せているのだ。

　長期にわたって刊行が続いている作品は多くはない。そのひとつ、コ
ミック・ブックのヒーローの代表格である『スーパーマン』は 1938 年に
デビューし、今日にいたるまでさまざまなシリーズが生まれている。コ
ミック・ブックは、作品が誕生した時代を写し取っている。描き方や会
話、物語の展開、キャラクターのタイプに、その当時に主流だった文化が
見えるのだ。たとえば、ヒーローが身に着けていた原色のタイツやマント
はだらしないストリート系のファッションや金属製のアーマーに変わると
いうように、流行の変化が反映されている。こうしてその時々の文化を映
してきた結果、コミックにはさまざまな形態の魔法使いが登場し、まちが
いなく、文学作品における魔法使いや魔法よりも複雑に進化しているので
ある。

『シャザム！』

　コミック・ブックに登場する魔法使いは、コミック・ブック向けにその
キャラクターが設定されている（余談ではあるが、コミックの情報を掲載
するアメリカの雑誌のタイトルも『ウィザード』だ）。コミック・ブック
の作家は光り輝く炎のような呪文を一心に考案し、さらにはスーパーヒー
ローと同列の力を魔法使いにもたせている。飛翔、瞬間移動、予言、増大
した力、エレメンタルコントロール、マインドコントロール、変身――こ
うした力はすべて、本書で取り上げるコミック・ブックのヒーローや魔法
使いがもつ能力だ。

　もちろん、ひげをなびかせ神秘的な力をもった典型的な魔法使いが登場

するコミック・ブックも多い。1940年に『ウィズ・コミックス』に登場したシャザムは3000歳の魔術師で、このシャザムに力を授かった少年ビリー・バットソンが、「シャザム！」と叫ぶとキャプテン・マーベルに変身する。

　シャザムは、時空を超えた「永遠の岩」に住む古代エジプトの神秘主義者だとされている。地上での寿命が尽きかけていると感じたシャザムは、自らの名が付く神の力をビリーに与える。シャザム（Shazam）の「S」は「ソロモン（Solomon）の智恵」、「H」は「ヘラクレス（Hercules）の剛力」、「A」は「アトラス（Atlas）のスタミナ」、「Z」は「ゼウス（Zeus）の全能」、「A」は「アキレス（Achilles）の勇気」、「M」は「マーキュリー（Mercury）のスピード」を意味する。出版停止となっていたこのシリーズは、DCコ

> そうとも、わたしは
> ドラゴンのいない世界に生きたいとは思わない。
> 魔法のない世界は謎のない世界、
> 信仰の存在しない世界なのだから、
> そんな場所に生きたいとは思わない。
>
> ——ドリッズト・ドゥアーデンの言葉
> R・A・サルバトーレ
> 『アイスウィンド・サーガ　暗黒竜の冥宮』
> （府川由美恵訳）より

ミックスが版権を買い取って1970年代に復活し、著作権の問題から『シャザム！』というタイトルに変えてキャプテン・マーベルの冒険が連載された。皮肉にも、スーパーヒーローはその師の名前とまちがわれることがあまりに多く、DC社は2012年に、キャプテン・マーベルの名を公式にシャザムに変更した。

ドクター・ストレンジ

　さまざまな能力をもつ伝統的魔法使いからイメージをもらったキャラクターはほかにもいる。1960年代初期にマーベル・コミックスが連載を開始した『ドクター・スティーヴン・ヴィンセント・ストレンジ』は、外見はその当時のヒーローそのものだ。明るい色の上着にタイツをはき、トレードマークの襟の高い赤いマントで空を飛ぶ。しかし元神経外科医のドクター・ストレンジは神秘的な力を身に着け、その力で呪文を唱え、異国風の名をもつ――「サイトラックのクリムゾン・バンド」、「ワトゥームの杖」、「アガモットの目」――魔法道具を使うことができる。ドクター・ストレンジは、魔法や謎の脅威から地球を守る「ソーサラー・スプリーム」だ。彼は「宇宙最強の魔術師」であり、コミックに登場する魔法使いや魔術師のなかでは、魔法使いのひな型により近いタイプだ。

従来のタイプとは異なる魔法使い

　コミックの世界では、定番タイプの魔法使いをあえて使わない場合も多い。ジェニー・スパークスはこうした例では比較的近年のもので、1990年代に生まれた。スパークスは電気を操るエレクトロマンサーだ。彼女は装置や人間の脳から電気を引き出し、自身の体を電気に変えることもできる。スパークスはDCコミックスの『センチュリー・ベビーズ』のひとりだ。超自然的存在で、1900年1月1日になるときに生まれ、20世紀をまるごと生きた。彼女は19歳以降年をとらず、またその気分は時の流れと

PART 3 　　　　　　　　　　　　　物語のなかの魔法使い

世界の情勢に共鳴して変わる。ジェニー・スパークスは強くて生意気で、手にためた電気でタバコに火を点ける場面がよく登場する。ジェニーはイギリス軍のいくつかの支隊に属し、スーパーヒーローによるチームをいくつも率いている。いかにも魔法使いといった外見を嫌うジェニーは20世紀後半の都会風ファッションを好み、ユニオン・ジャックのTシャツがトレードマークだ。とはいえ、エレメントを操るジェニーが魔法使いであることは明白だ。

『X-MEN』のウィザード

　『X-MEN』は長く続くコミックのシリーズのひとつであり、多数の話が生まれ、実写映画も数本公開されている。X-MEN の世界では多数のヒーローがウィザードに分類できるが、本書でそのすべてを紹介するのは実際的ではない。X-MEN のウィザードのなかでも有名な登場人物をいく人か挙げておこう。

◆ストーム　天候を操る。
◆ジーン・グレイ　テレパシーとテレキネシス（念力）をもつ。
◆マグニートー　磁界王。
◆ファイアスター　火を操るパイロマンサー。
◆キティ・プライド　身体の物質構造を変化させる希少なスキルをもつ。
◆プロフェッサーX　シリーズの名の元ともなっている。心を読み、コントロールし、影響をおよぼすことのできる卓越したテレパス。

246

ヴィラン（悪役）の魔法使い

　当然、コミック・ブックにはヴィランの魔法使いも多数登場する。ドクター・ヴィクター・フォン・ドゥームは『ファンタスティック・フォー』の宿敵として有名なヴィランだが、彼は本来のシリーズだけでなく、映画やコンピュータゲーム、TVアニメシリーズなど、マーベル社の他の作品にも登場している。『ウィザード』誌が選ぶ「史上最高のヴィラン100」では4番目に偉大なヴィランに選ばれた。科学者であるドクター・ドゥームはつねに神秘的、魔術的スキルを学び膨大な知識を蓄積している。エネルギー噴射、意識を転送するサイオニック技術、一定の機械類をコントロールするテクノパス、そして際立った意志の力をもつ。さらに、ドクター・ドゥームは科学の力を使って他の登場人物の能力を奪ったり――ヒーローであるシルバーサーファーの能力を盗んだのは有名だ――コピーしたりし、また身体能力を超人類レベルに強化する鋼鉄のよろいを身にまとっている。

　ドゥームはステレオタイプな魔法使いとはかけ離れており、魔術を使うといった意味でのみ魔法使いと言える。そして魔術を使う場合でさえ、ドゥームの力の多くは身体を使ったものではなく頭脳から発するものだ。つまり、ドゥームが行なう魔法は科学の力を強化したものだと考えればわかりやすく、昔の、真実とファンタジーの境界をあいまいにした錬金術のイメージとも重なる。

　また、善悪どちらとも言えないキャラクターもいる。皮肉屋のポーカーフェイス、ジョン・コンスタンティンは無慈悲なまでに狡猾で、いつもタバコをくわえているヘビースモーカー。コミック史上最高の魔術師のひとりでもある。『ヘルブレイザー』シリーズのアンチヒーローであるコンスタンティンは、天国と地獄の争いのなかに身をおくオカルト探偵だ。天使も悪魔もだましそうなキャラクターだが、事実上は善の側におり、世の中をよくしたいという彼の思いが強調される場面も多い。

PART 3　　　　　　　　　　　　　　　　　物語のなかの魔法使い

コミック・ブックの他の魔法使いや魔術師と異なり、コンスタンティンはめったに魔法の呪文を使わず、機転で敵を負かすことを好む。しかし、それは彼が通じている魔法が少ないということではない。多数の呪文やまじない、聖具を操り、幸運を呼ぶ超自然的な能力も備えている。1980年代に登場したコンスタンティンは当初はジェームズ・ボンド風だったが、のちには暗い影をもつようになり、人気俳優キアヌ・リーヴスが演じた2005年の映画では、影の部分が大きく強調された。コミックのキャラクターの常として、ジョン・コンスタンティンは魔法使いや魔術師の概念をくつがえそうとしている。通常は魔法使いのキャラクターに明確に線引きされている善と悪の境界を、彼はわかりづらくしているのだ。

わたしたちの目の前にいる魔法使い

　視覚に訴えるメディアでは色や激しい動きで魔法を描写する。魔法使いや魔術師を見せるにはこれは最適な媒体だ。コミック・ブックのヒーロー、RPGのアバター……こうした魔法使いは輝きを放っている。ゲーム産業が信じられないほど成長している点を考慮すれば、独自の魔法使いを取り入れた——カービン社のMMORPG『ワイルドスター』にはサイキックエナジーを使うエスパーやピストル使いのスペルスリンガーが登場する——新しいオンラインゲームが続々と登場することはまちがいない。現代のゲームにはありとあらゆるタイプの魔法使いがいる。これほど豊かな魔法が生まれたのは、人間社会の文化に魔法使いが広く深く浸透しているからだ。魔法を使うキャラクターがなぜこれほどまでゲームに使われているのか、本書を読み返せば納得がいくだろう。

結　論
身のまわりの魔法使い

本書ではおもに伝承や伝説の魔法使いを見てきた。しかしそれと同じように、現実の世界にも魔法使いはいる。たとえばジョン・ディー、カリオストロ、ニコラ・フラメル、パラケルススなど、本書でも現実の魔法使いを数人紹介している。しかし最後にもうひとり、現代の魔法に大きな影響を与えた人物を見ておくべきだろう。アレイスター・クロウリーだ。

アレイスター・クロウリー

　20世紀に、魔術と神秘主義にかかわる人物として悪名をとどろかせたのがクロウリーだ。「定期的に悪魔ミサを行なっている」、「悪魔とグルだ」などなど、あらゆる馬鹿げた噂話が彼の周囲には渦巻いた。

　実在の人物であるクロウリーは1875年にイングランドの非常に敬虔な家族のもとに生まれ、少年時代に神秘的な霊的体験に魅せられた。1898年にクロウリーは「黄金の夜明け団」に入団した。この10年前に、ヘルメス・トリスメギストスの教えに基づいて創設された組織だが、カバラ、錬金術、占星術、またその他東洋の神秘的伝統を取り入れてもいた。クロウリーは黄金の夜明け団の指導者アラン・ベネットの弟子となる。そしてベネットは、意識を研ぎ澄まし霊的経験を得る手段として、ドラッグの使用をクロウリーに教えたのである。

CONCLUSION

『法の書』

クロウリーとその妻ローズがエジプトに滞在中の 1904 年、ローズに、エジプト神話の神ホルスの使いであるアイワスが憑依した。アイワスはある書をクロウリーに書き取らせ、『法の書』と名付けられたこの書は、のちにクロウリーが唱える哲学の礎となった。クロウリーは自身が、新しい時代「ホルスのアイオン」の予言者であると宣言した。その中心にあるのが魔術であり、クロウリーは魔術を、「『意志』に従って変化を起こす科学であり技芸」と定義づけた。クロウリーはのちに、イタリアのシチリアにコミュニティを創設し、これを「テレマの修道院」(「テレマ」とはギリシア語で「意志」を意味する) と呼んだ。

> 魔法で大事なのはそこだわ。
> わたしたちは魔法に囲まれてる。
> 今だってすぐそばにある。
> それを理解しなければならない。
> そうでなければなにも見えないままよ。
>
> ―チャールズ・デ・リント『足元の夢』より

結 論

　その思想を発展させていき、彼は、『魔術　理論と実践』をはじめとする一連の書を刊行した。クロウリーの魔術の実践の多くは性に関するもので、彼には、知識を高めるために性は必須のものという信念があった。

　クロウリーは世界を広く旅し、中国、北アフリカ、ヨーロッパ、そしてアメリカ合衆国も訪ねた。彼は悪魔主義者だという非難を受けることが多く、また実際にはそうではなかったのに、その類の噂をあおるような行ないをした。クロウリーは貧困にあえぎ、ヘロイン中毒もしだいに悪化して、1947年に死去した。

　しかし現代の神秘主義にクロウリーがおよぼした影響は甚大だ。クロウリーの弟子たちが創設したさまざまな組織が今日も活動を続け、彼の作品は現在も刊行されて広く読まれている。だからこそ、人々がコンピュータやスマートフォンを使いこなし、宇宙ステーションがある現代にも、魔法使いと彼らが使う魔法が存在する余地があるのだろう。

CONCLUSION

魔法使いとともに

　魔法使いの歴史は、人類のはじまりの頃から、最新のコンピュータゲームにいたるまで延々と続く。その歴史は何千年にもおよび、さまざまな伝統や文明、国、言語、人工物や遺物がそこにかかわっている。それほどの歴史をもつのは、わたしたち人間がつねに、魔法使いになりたいという思いを抱いているからだ。人は自分の運命を魔法でコントロールしようとし、大地に力を、天に糧を、星々に火を求める。人類が誕生してから今日までずっと、人はそうした力にあこがれてきた。だが、科学の進歩によって得た力と同様、わたしたちはそれが危険なものでもあることを理解している。

　科学という魔法は核分裂をもたらし、宇宙の秘密を解き明かそうとしている。それはまた広島と長崎の街を焼け野原にし、人類史上初めて、人類を破滅させうる力を見せつけた。おそらくこうした力をもつために、わたしたちは魔法使いを光と闇のはざまにある存在と見ることが多いのだろう。魔法使いは——ガンダルフやダンブルドア、ハリー・ポッターのように——畏敬の念を抱かせる仲間だ。しかし同時に、ヴォルデモートやサルマン、ドクター・ドゥームのように、恐ろしい敵にもなりうるのだ。

　人間の本性がもつこの二面性を体現しているがために、魔法使いはずっと、わたしたちにとって身近な存在であり続けるだろう。人々が魔法使いの物語を口にし、物語が人々の記憶に残るかぎり、伝承や伝説の魔法使いが姿を消すことはないだろう。そしてわたしたちは、その先になにがあるかわからない暗い廊下に足を踏み入れるたびに、またドアの向こう側でカサコソと、なにかをひっかくような気味の悪い音がするときはいつも、あるいは未知のものにぶつかったときは必ず……魔法使いに向かってこう言うのだ。「君が先に行ってくれ！」

索引

【ア】

『アーサー王宮廷のヤンキー』 …………85-86

アーサー王伝説 …………47, 61-63, 75-84

『アーサー王の死』 …………79, 92, 209

アーサー王の物語詩 …………81-84

アーネソン、デイヴ …………224, 226

アイゼンガルド …………52-54, 57

『アヴァロンの霧』 …………74

『アエネーイス』 …………97, 122

赤松健 …………136

悪霊祓い …………135

『朝びらき丸 東の海へ』 …………12, 176, 180

アサミー …………61-63

アトランテ …………43-44

アポロニウス、テュアナの …………104, 105

雨乞い …………135

「暗黒の魔像」 …………193-195

衣服／ローブ …………63-65

癒す能力 …………48, 135, 242

インセンス（香） …………114

『ウィザーズ』（映画） …………204-205

『ウィザード』誌 …………243

『ウェイバリー通りのウィザードたち』 …………222

ウェルギリウス …………122-124

ウォーロック …………162-163, 221, 232, 234, 239

占い …………33-38, 99, 114, 134-136, 208, 241

『ウルティマオンライン』 …………236

『永遠の王 アーサーの書』 …………12, 22, 24, 203

映画のなかの魔法使い …………200-218

『エクスカリバー』 …………15, 28-29, 54, 84, 88-89, 92, 209-211

『エクスカリバーⅡ 伝説の聖杯』 …………92-93

『X-MEN』（コミック） …………246

エディングス、デイヴィッド …………12-13, 22, 28, 63, 183, 188-189

『エバークエスト』 …………236

「エメラルド碑板」 …………49

大釜 …………58-60

『奥さまは魔女』 …………218

『オズの魔法使い』 …………66, 163

【カ】

カーツ、キャサリン …………176

ガーフィールド、リチャード …………240

ガイギャックス、ゲイリー …………224, 226, 230

カリオストロ伯爵 …………47, 125, 249

『カンタベリー物語』 …………110

『ガントレット』 …………233

ガンボン、マイケル …………215

キルケー …………15-17, 56

『キング・アーサー』 …………90-81

INDEX　　　　　　　　　　　　索引

キング、スティーヴン　………44
『グウィネド王国年代記』シリーズ
　　………176
くじ占い　………99
クラーク、スザンナ　………177, 238
『狂えるオルランド』　………43-44
クロウリー、アレイスター　………55, 65,
　249-251
グロスマン、レヴ　………24, 96, 185-
　187
啓蒙時代　………125
ゲーテ、ヨハン・ヴォルフガング・フォン
　………43, 119-121
『ゲド戦記』　………176, 183-185
賢者の石　………47, 48
幻術　………63, 227
黄道十二星座　………35
『国王牧歌』　………81
『コナン・ザ・グレート』　………206-208
コミック／マンガの魔法使い　………
　136-138, 242-248
コンピュータゲーム　………223-224,
　231-241

【サ】

『最後の魔法』　………82, 177
シェイクスピア、ウィリアム　………17-20,
　58-60, 66
シェイプシフター　………41-42
『ジ・エルダー・スクロールズ』　………
233
ジェニー・スパークス（コミック）　………
　245-246
ジェフリー・オブ・モンマス　………75-
　76
シモン　………104-108
シャーマン　………9, 11, 42, 49-51, 134-
　136, 239, 242
ジャクソン、ピーター　………5, 201, 205,
　212-216
シャザム　………243-245
『シャナラ』シリーズ　………176
ジャンヌ・ダルク　………107
呪詛板　………99
呪詛人形　………99-100
呪文　………27-33, 68-72, 112, 114-115,
　148-153, 227-229
呪文の書　………68-69
呪文を唱える／呪文発動　………70-72
召喚　………29-32, 112-115, 227, 239
召喚術　………227
小説のなかの魔法使い　………175-199
植物の根／薬草　………69-70
『ジョナサン・ストレンジとミスター・ノレル』
　………177, 238
死霊術（ネクロマンシー）　………9, 32-
　33, 118, 192, 208, 227
深紅の王　………44
シンボル　………38, 58, 61, 65, 115
水晶　………66
水晶玉　………66-67, 114, 203

『水晶の洞窟』　……12, 54, 92, 177
『スター・ウォーズ』　……85, 201
『スター・トレック』　……53, 224
スチュアート、メアリー　……12, 25, 37, 48, 54, 65, 82, 92, 94, 177
ストラウド、ジョナサン　……25, 31, 177
ストラウブ、ピーター　……44
住み家　……52
スミス、クラーク・アシュトン　193-195
聖遺物　……108-110
聖杯　……47, 79
聖霊、召喚　……30-32, 112, 114
精霊の召喚　……30-32, 112, 114
『ゼルダの伝説』シリーズ　……235-236
占星術　……35
ソーサラー　……41-45
『ソロモンの鍵』　……112, 114
孫悟空　……128-130

【タ】

『ダーク・タワー』シリーズ　……44
『ダールワス・サーガ』三部作　……13
大規模多人数同時参加型オンラインRPG（MMORPG）　……236-239
『タブラ・スマラグディナ』　……49
タロットカードのデッキ　……37

『ダンジョンズ＆ドラゴンズ』（アニメ）　……219
『ダンジョン＆ドラゴン』（映画）　……216-218
『ダンジョンズ＆ドラゴンズ』（ゲーム、D&D）　……4, 197, 224-229
ダンセイニ、ロード　……176
チェッリーニ、ベンヴェヌート　……70
『チャームド〜魔女3姉妹〜』　……69, 220-222
『チャールズ・ウォードの奇怪な事件』　……32-33, 195-197
中世　……103-112
チョーサー、ジェフリー　……110
杖　……56-58, 61
使い魔　……51-52
剣　……61-63
『ディアブロ』シリーズ　……233, 241
ディー、ジョン　……12, 35, 46, 66, 115-116
『ディスクワールド』シリーズ　……24, 176
『ティンカー、テイラー、ソルジャー、スパイ』　……84
テニスン卿、アルフレッド　……81
テレビのなかの魔法使い　……86-94, 218-222
『テンペスト』　……17, 20
トウェイン、マーク　……85-86
洞窟　……54
トールキン、J・R・R　……20, 21, 33,

256

INDEX 索引

52, 57, 63, 68, 79, 177-180, 212, 213

ドクター・ストレンジ …………245

ドクター・ドゥーム …………245

飛ぶフンコロガシ …………116

『ドラゴンランス』シリーズ …………14, 24, 63, 121, 177, 197-199, 229-230

トリスメギストス、ヘルメス …………49, 101-103, 249

トレーディングカードゲーム …………31, 240

『ドレスデン・ファイル』シリーズ …………65, 190-193

長杖／杖 …………56-58

【ナ】

『ナルニア国ものがたり』シリーズ …………180-183

ニール、サム …………91-93

【ハ】

『バーティミアス』シリーズ …………23, 31, 177

バーバ・ヤガー …………131-133

バクシ、ラルフ …………204-205, 213

『バフィー〜恋する十字架〜』 …………93, 220-221

パラケルスス …………46, 48, 195, 249

バランタイン・アダルト・ファンタジー …………176

『ハリー・ドレスデン』シリーズ …………23, 65, 110, 175, 190-193

『ハリー・ポッター』シリーズ …………9, 140-174

ハリス、リチャード …………215

ハワード、ロバート・E …………195, 207-208

ハンブリー、バーバラ …………13

ヒックマン、トレイシー …………14, 177, 197-199

『ファイナルファンタジー』シリーズ …………236-239

ファウスト …………46, 78, 116-121

ファウスト的契約 …………121

ファウルズ、ジョン …………40

ブアマン、ジョン …………28-29, 54, 84, 209-211

『ファンタジア』 …………43, 203-204

ファンタジー小説のはじまり …………176-180

フォースタス博士 …………116-118

不死身のコシチェイ …………130-133

ブッチャー、ジム …………23, 175, 190-192

プラチェット、テリー …………24, 26, 67, 176, 200

ブラッドリー、マリオン・ジマー …………74, 92

ブラマ、アーネスト …………176

フラメル、ニコラ …………42, 55, 186

『ブリタニア列王史』 …………75-76

257

ブルックス、テリー …………176
プロスペロー …………17-20, 66
ブロック、ロバート …………53
ベーコン、ロジャー …………46-47
ベネット、アラン …………249
『ベルガリアード』シリーズ …………13, 63, 183, 188-189
ヘルメス …………49, 101-103, 249
ヘルメス思想 …………102-103
変成術 …………63, 227
ペンタグラム …………61
ペンタクル …………61
防御術 …………227
『法の書』 …………250-251
ボーム、フランク・L …………66
『ホビット』(映画、TVアニメ映画) …………212-214
『ホビットの冒険』(本) …………21, 33, 177-180, 212
『ホロー・ヒルズ』 …………94, 177
ボロン、ロベール・ド …………78-79
ホワイト、T・H …………12, 22, 24, 51, 89

【マ】

マーリン
　アーサー王伝説 ……47, 61-63, 75-84
　映画のなかの ……86-91, 207-208
　テレビのなかの ……86-88, 91-94
　「マーリンとヴィヴィアン」 ……81

マーロウ、クリストファー …………116-118
マキリップ、パトリシア・A …………176
マグス …………39-40
マグス、シモン …………104-108
『マクベス』 …………58-60
マジェーレ、キャラモン …………14
マジェーレ、レイストリン …………14, 25, 121, 177, 197-119, 229
『マジシャンズ』シリーズ …………185-187
『マジック：ザ・ギャザリング』 …………31-32, 240
『魔術師のおい』 …………121, 176, 180, 182
『魔術師』 …………40
『魔術師マーリン』(TVドラマ) …………54, 92-94
『マスターズ／超空の覇者』 …………206, 208-209
マッケラン、イアン …………214-215
魔法
　現代の …………110
　19世紀の …………126
　中世の …………103-112
　にまつわる危険 …………25
　の暗黒面 …………13-15
　の世界 …………8-25
　のタイプ …………27
　の力 …………26-54
　ルネサンス期の …………112-116

INDEX　　　　　　　　　　　　　　　　　　　　　　　　索引

魔法円　………31, 60, 69, 70, 113, 114
魔法使い／ウィザード
　　映画とテレビのなかの　………200-
222
　　が使う遺物　………110-112
　　コミックの　………130, 209, 223-
224, 242-248
　　コンピュータゲームの　………223-
224, 231-241
　　小説のなかの　………175-199
　　19世紀の　………126
　　西洋の　………96-126
　　中国の　………134-136
　　中世の　………103-112
　　動物の使い魔　………51-52
　　東洋の　………127-138
　　と神　………22-23
　　日本の　………136-138
　　の授業　………23-25, 46, 58, 163-
166
　　の道具　………55-75
　　の説明　………9-10
　　の住み家　………52
　　のタイプ　………9-10
　　の役割　………11-13
　　の例　………9-23
　　のレベル　………9
　　のローブ　………63-65
　　ポップカルチャーにおける　………5
　　本のなかの　………175-199
　　マンガの　………136-138

　　ルネサンス期の　………112-116
　　ロシアの　………130-133
『魔法使いと戦士』　………219
『魔法使いの剣』　………203
魔法使い（ソーサラー）の弟子　………
　　42-43, 88
魔法使いの道具
　　アサミー　………61-63
　　衣服　………63-65
　　大釜　………58-60
　　呪文の書　………68-69
　　水晶玉　………66-67, 114, 203
　　聖杯　………47, 79
　　杖　………56-58, 61
　　剣　………61-63
　　長杖　………56-58
　　ペンタグラム　………61
　　ペンタクル　………61
　　魔法円　………69
　　薬草／植物の根　………69-70
　　ルーン文字　………67-68
　　ローブ　………63-65
マロリー、トマス　………79-81
『マロリオン物語』シリーズ　………13,
　　188-189
マンガの魔法使い　………136-138
『ミスター・マーリン』　………92, 218
ミリアス、ジョン　………207-208
『メルラン』　………78
物語のなかの魔法使い　………139-248
モリス、ウィリアム　………176, 177

259

『モンティ・パイソン・アンド・ホーリー・グ
　レイル』 …………88

【ヤ】

薬草 …………69-70
『指輪物語』(本) …………12-13, 18, 20-
　21, 40, 41, 68, 177-180, 205, 212-213
夢 …………37, 135-136

【ラ】

『ライオンと魔女』 …………56, 180-181
ラヴクラフト、H・P …………32-33, 71,
　195-197
ルイス、C・S …………12, 56, 121, 176,
　180-183
ルーカス、ジョージ …………185, 201
『ルーンスケープ』 …………236
ルーン文字 …………67-68
ル・カレ、ジョン …………84
ル・グウィン、アーシュラ・K …………
　176, 183-184, 195
ルネサンス期 …………112-116
レヴィ、エリファス …………126
『レメゲトン』 …………114-115
錬金術師 …………9-10, 38, 45-49
『ロード・オブ・ザ・リング』(映画)
　…………5, 201, 205, 212-216
ローブ …………63-65
ローリング、J・K …………5, 23, 28, 140-

174, 185, 186

【ワ】

『ワールド・オブ・ウォークラフト』(WoW)
　…………239
ワイス、マーガレット …………14, 177,
　197-199

【著者】**オーブリー・シャーマン**（Aubrey Sherman）
　ライター。夫とともにニューイングランド在住。著書に *Vampires: The Myths, Legends, and Lore* がある。

【訳者】**龍 和子**（りゅう・かずこ）
　北九州市立大学外国語学部卒業。訳書に、ピート・ブラウン、ビル・ブラッドショー『世界のシードル図鑑』、ローラ・メイソン『キャンディと砂糖菓子の歴史物語』、リュドミラ・パヴリチェンコ『最強の女性狙撃手』、ジョナサン・モリス『コーヒーの歴史』などがある。

WIZARDS
The Myths, Legends, and Lore

Copyright © 2014 by F+W Media, Inc.
All rights reserved.
This book, or parts thereof, may not be reproduced in any form without permission from the publisher; exceptions are made for brief excerpts used in published reviews.
Published by arrangement with HARA-Shobo
through Japan UNI Agency, Inc., Tokyo

魔法使いの教科書
神話と伝説と物語

2019 年 10 月 29 日　第 1 刷

著者…………オーブリー・シャーマン
訳者…………龍　和子
装幀…………岡孝治
発行者…………成瀬雅人
発行所…………株式会社原書房
〒160-0022 東京都新宿区新宿 1-25-13
電話・代表 03（3354）0685
http://www.harashobo.co.jp
振替・00150-6-151594

印刷…………シナノ印刷株式会社
製本…………東京美術紙工協業組合

©Office Suzuki, 2019
ISBN978-4-562-05693-4, Printed in Japan